EL CLUB DE LOS ASESINOS LIMPIOS

NAUTILUS

EL CLUB DE LOS ASESINOS LIMPIOS

Blanca Álvarez

PLANETA & OXFORD

Complejo Ática (edificio 4). Vía de las dos Castillas, 33.
Pozuelo de Alarcón, Madrid

Parque Empresarial San Fernando. Ed. Atenas. 28830 Madrid

Ilustración de cubierta: Ricardo Fernández

Primera edición en esta colección: enero 2005
ISBN-13: 978-84-96336-73-5
ISBN-10: 84-96336-73-5
Depósito legal: M. 50.418-2004
Impreso por Brosmac
Impreso en España – Printed in Spain

FICHA BIBLIOGRÁFICA

ÁLVAREZ, Blanca
El club de los asesinos limpios, Blanca Álvarez – 1ª ed. en esta colección
– Barcelona: Planeta & Oxford, 2005
Encuadernación: rústica ; 160 págs. 13 × 19,5 cm –
(Nautilus. A partir de 14 años ; 10)
ISBN-13: 978-84-96336-73-5
ISBN-10: 84-96336-73-5
087.5: Literatura infantil y juvenil
821.134.2-3: Literatura española. Novela
Tratamiento: realismo. Tema: policías y detectives

LA MUERTE ENVIÓ UNA CARTA

Cuando Antonio entró en el despacho de su tío y vio su cuerpo tendido sobre la mesa ahogó el grito que le llegó a la garganta y pensó con rapidez de rayo. Por eso, hizo dos cosas bastante inusuales para él: primero, recogió la carta que el hombre inconsciente apretaba en su mano derecha; después, colgó el teléfono que emitía señal de comunicar para marcar la tecla «rellamada» y anotar el número que se iluminó en la pequeña pantalla del aparato: 98 515 86 77. Después comprobó que el notario aún vivía y pidió ayuda.

Antonio sufría pasión por las novelas de detectives, así que actuó, como dijo días más tarde, siguiendo los pasos lógicos de un plan de investigación, antes de que toda la avalancha de personas trabajando en la notaría, con Ana bonita como jefa de comando, borraran claves imprescindibles para la solución del caso. Lo que no supo explicar fue «dónde» había visto él «un caso» si todo parecía indicar que se trataba de una simple embolia cerebral. Un caso médico de mala suerte en el peor de los supuestos. Pero todo eso vino después.

El notario, es decir, el tío de Antonio, se llamaba Ángel

Arza Buenaventura, rondaba los cincuenta años aunque él trataba de aparentar cuarenta bien llevados, estaba soltero y con vocación de permanecer en el club de los incasables; era notario, rico, un poco neurótico y generoso en las propinas a su único sobrino, Antonio Larralde, hijo de Carmen Arza Buenaventura, Mina para casi todos, reconocida ceramista, única hermana del notario, y de Pablo Larralde Quirós, ingeniero naval, quien compartía con el hijo la pasión por las novelas de detectives. En especial la nueva novela polar francesa.

—Es más comprometida, no se limita a descubrir quién es el asesino, sino que le interesa el decorado, las claves, las causas... —solía explicar a su hijo, quien prefería la novela negra americana.

Las diferencias en los gustos eran mínimas y los dos hacían frente común ante el acoso materno, «porque tanto crimen y tanta violencia no pueden ser buenos para la salud mental», insistía Carmen, Mina, siempre a la caza de las «no novelas» que leían padre e hijo para empaquetarlas como regalo a instituciones benéficas o directamente a la recicladora de papel. Aunque, justo es decir, que semejante medida expeditiva había sido tomada después de intentar que Antonio leyera «libros de calidad». Nunca explicó por qué consideraba a las policíacas novelas de segunda. Jamás había leído una.

—¡Esto es un expolio, mamá! —había gritado Antonio aquella misma mañana ante el paquete de la última purga materna, antes de salir hasta el despacho de su tío, el notario rico, que había prometido pagar una buena factura de libros para celebrar las buenas notas del sobrino.

—El expolio lo hacéis con los pobres árboles que han de morirse para que algún lunático escriba historias sangrientas mientras otros descerebrados las compran. ¡Y las leen!

Antonio se quedó sin el lote de libros prometido, con el tío en el hospital y con dos supuestas «pruebas» en sus manos. Si había caso se necesitaba un buen investigador. Aunque no tenía ni remota idea del crimen que había que investigar. Esa misma mañana lo sabría.

Como en las mejores novelas, bajo el aspecto más inocente y más cotidiano se ocultaban los peores crímenes. Para ser un asesino no resulta imprescindible una cara de perro cubierta de cicatrices.

Todos hablaban bajito en el hospital, como si los adultos se volvieran tímidos frente a los enfermos. Sucedía lo mismo en los funerales: todos hablaban en susurros, tratando de no despertar al muerto.

—¡Dios mío, qué desgracia! Si ya le decía yo que tanto trabajar y tan poca diversión acabaría con su salud. ¡Una novia, mi hermano necesitaba una novia!

—Tranquila, Mina, esperemos a escuchar el diagnóstico, ya verás como pronto estará bien.

Pablo trataba de consolar a su mujer, aunque no tenía claro si había que consolarla por el súbito accidente o por la recalcitrante soltería de su hermano.

Antonio no se atrevía ni a mirar a sus padres para que no descubrieran el minuto de retraso en pedir ayuda. Sólo faltaba que a los galenos les diera por decir aquello tan manido de «unos segundos antes y habríamos podido hacer algo». El chico quería al tío solterón, raro lo era un rato largo, pero no mala persona y no le importaba comprarle novelas de enigma, detectives, negra, polar..., o lo que fuera. Tampoco se negaba a explicarle algunos de los entresijos legales que, sobre todo en las novelas inglesas, aparecían siempre como la clave del misterio.

—Bueno, el paciente está estabilizado...

Antonio detestaba todo cuanto sonase a médico, inyecciones o pastillas. Lo desesperaba el aire de suficiencia con el cual llegaban hasta las familias, temblonas y suplicantes, para decir las cosas de tal modo que nunca lograban entenderse bien. Aquello de estar estabilizado, ¿significaba que estaba ya fiambre y por tanto quieto para los restos?

—¿Qué pasó, doctor? —preguntó Carmen angustiada.

—Dicho en pocas y comunes palabras, sin tecnicismos —el chico pensó que eso sonaba a utopía y no había médico que no usara jerga—, su hermano ha sufrido un derrame cerebral. De momento ignoramos a cuántas funciones secundarias puede afectar. Es una buena señal que respire de modo autónomo, sin necesidad de asistencia. En unas horas podremos ser más precisos.

—¿Puede morirse? —preguntó Pablo y todos tragaron saliva. Todos excepto el galeno, que parecía estar en su salsa.

—Es una contingencia en la que todos nos hallamos...

Si Antonio no hubiera sido un niño bien educado y no estuvieran sus padres delante, le habría dado una patada en la espinilla al prepotente aquel de bata blanca. ¡Filósofo el hombre!

—Bueno, no se alarmen —dijo el médico cambiando el tono de voz—, las constantes vitales son buenas. En las primeras radiografías se detecta un coágulo pequeño, probablemente operable... Sin grandes riesgos. ¿Había recibido alguna noticia alarmante?

Los padres de Antonio lo miraron como si fuera la prueba viviente del asesinato. Se le pusieron rojas hasta las raíces del pelo. Antes de sentirse acribillado a preguntas decidió soltar de corrido la única información que, de momento, estaba dispuesto a dar.

—Había quedado con él para tomar un refresco y comprar unos libros. Siempre me regalaba libros. —Y Antonio lo dijo como si desafiara a su madre—. Ana, la secretaria —omitió que siempre la llamaba Ana bonita—, me dijo que pasara sin más, que me estaba esperando. No llamé a la puerta para darle una sorpresa, entré y lo vi con la cabeza sobre el escritorio. Eso es todo.

No soltaría ni una palabra más.

—El caso es que, si hubiera sido un poco más tarde, yo misma le diría que había recibido una mala noticia, pero iba justamente a llamarlo por teléfono cuando me llamó Ana, ya sabe, la secretaria, y me contó lo del accidente... —La mujer no pudo evitar unas lágrimas antes de continuar—. Una desgracia de la que no llegó a enterarse y que le hubiera afectado; a Basilia, nuestra niñera, la encontraron esta misma mañana muerta, en su casa. Según dijo la policía a causa de una fuga de gas porque se le olvidó cerrar la bombona... Como se empeñaba en no necesitar a nadie...

—¿Y su hermano no lo sabía?

—No, los vecinos me llamaron a mí. Si él lo hubiera sabido antes me habría telefoneado.

Y Antonio tenía la prueba de que la última llamada de su tío no fue a su casa, sino a un número de Gijón de momento desconocido. Tampoco le añadía información la muerte de Basilia.

—¿Cómo dice que murió esa niñera? —preguntó el médico y al chico le pareció improcedente la pregunta.

Estaba claro que a todo el mundo le gustaba jugar a detectives, aunque luego se avergonzaran de comprar libros que consideraban, «de género menor», como su madre. También estaba el cine y todas las series de la tele que incluían médicos o curas investigando asesinatos... La competencia era mucha, pero no parecía una causa médica capaz de explicar la embolia del tío Ángel.

—Pues, lo cierto es que fue una tragedia, un lamentable accidente. La buena mujer estaba muy mayor y parece que se dejó el gas abierto. Los vecinos entraron alertados por el olor y la encontraron muerta. ¡Pobrecita, menos mal que mi hermano aún no sabe nada!

—Y, de momento, aunque recuperase la conciencia, será mejor que no le notifiquen la tragedia. Ni ésa ni ninguna —añadió el médico poniendo punto final a la entrevista.

No parecía demasiado grave lo del tío Ángel. Antonio lamentó el retraso de unos días para obtener los prometidos libros. No sospechaba que estaba a punto de poder escribir su propia novela. Lo intuyó cuando, ya instalado en su habitación, bien cerrado con llave para evitar las preguntas más peregrinas de su madre, o la proposición de su padre para una partida de ajedrez, decidió leer el papel que aprisionaba el notario en su mano derecha como si fuera un arma homicida.

Se trataba de una carta. Y la firmaba Basilia, dueña de una curiosa caligrafía de niña pequeña y aplicada.

—¡Vaya! Pues en mis novelas no suele haber coincidencias, sino hechos que acaban por estar ligados siempre.

Hasta esa misma mañana, Antonio no había recordado a Basilia, cuyo nombre y rostro se borraban en su más remota infancia. Ahora, al tío le daba un ataque y tenía en la mano una carta de la niñera olvidada. Se dispuso a leer el folio después de hacerle un planchado manual para facilitar la lectura.

Mi niño querido:

No quiero que te preocupes demasiado por mí. Estoy bien, con los achaques propios de quien ha cumplido ochenta y tres años, pero sin ninguna gana de ir a pudrirme a alguna de esas residencias para ancianos inútiles. Sé que me lo propusiste con la mejor intención, que incluso ignoras las malas intenciones de quien te lo aconsejó. Siempre fuiste un poco lento de reflejos. Sigo sintiéndome útil. En el barrio hay un montón de niños que necesitan ser cuidados por alguien, sus padres trabajan todo el día, en el caso de tenerlos, porque hay muchas mujeres que ejercen ambos papeles, y ellos se quedan en la calle, al aire de quien quiera convertirlos en delincuentes. No todos han tenido tu misma suerte, hijo, aunque a ti ni se te ocurra pensar que la vida puede ser algo que desconoces.

En concreto hay dos: Asím y Bembó; como supondrás emigrantes, que aún me hacen sentir útil. Cuando regresan del colegio, y a cambio de una merienda apetitosa, se pasan un par de horas haciéndome compañía mientras yo perfecciono su castellano. Es como si el destino hubiera puesto en mis manos la posibilidad de cumplir con mi viejo sueño de ser maestra. No pude serlo porque aquellos tiempos, los míos, no estaban para semejantes caprichos y menos si eras niña, ya sabes que tuve que trabajar desde que apenas levantaba un palmo. Claro que, gracias a eso, pude cuidar de ti desde que eras un cagoncete y un llorón.

Tu hermana Carmen y tú fuisteis toda mi familia, lo más parecido a unos hijos.

Si te escribo esta carta en lugar de ir a tu despacho es por pura comodidad. Primero, porque tu secretaria del alma será muy eficaz y muy buena chica, no lo pongo en duda, pero es una cotilla de tomo y lomo, capaz de hacer un interrogatorio de tercer grado en dos minutos. Me pone de los nervios. Y segundo, porque lo que voy a contarte quiero que lo pienses detenidamente y, reconoce conmigo, cuando hablo contigo tengo la impresión de hablar con una pared. Vamos, que no me escuchas. Vicio que te acompaña desde niño y que, con el tiempo, ha ido a mayores.

Sería bueno para ti que aprendieras a escuchar, cariño. Vivir en la inopia puede ser cómodo, pero no deja de ser una falta de hombría. Deja que te lo diga yo, que soy vieja, porque no creo que nadie le diga estas cosas a todo un señor notario. A veces, hijo, pienso que, aunque tan listo y con tantas oposiciones, nunca aprendiste a ser feliz.

El problema del que quiero escribirte se me escapa de las manos, pero nunca he sido tonta y el hecho de ser vieja no me invalida ninguna neurona. Quieren largarnos de esta casa. Alguien anda tras este ruinoso edificio y debe tener planes muy suculentos porque llevan tres años intentando que no quede ni un triste vecino. A mí no me sacan de aquí salvo con los pies por delante. Pero, a otros, los convencieron en su momento, o con dinero o con ame-

nazas. Aquí nunca hubo más de siete vecinos, dos por cada planta y la buhardilla. Y nunca fuimos gentes de posibles. Esto era un barrio de pescadores y gentes al borde de la legalidad, pero ahora han descubierto que estamos en un lugar estupendo de la ciudad. Y sobramos.

A los dos viejos que vivían en el primero los convencieron los servicios sociales para que se fueran a una residencia: todo gratis a cambio de ceder el piso a la municipalidad. A la señora Juana, la vendedora de sardinas a voces por todas las calles de la ciudad en sus tiempos jóvenes, la convenció el hijo, un perdulario, jugador y algo peor, que debió de ser bien untado por quien quisiera comprar el piso. Otro de los pisos llevaba vacío una década, ignoro cómo lo habrán resuelto. Total que quedamos dos familias de inmigrantes que entraron pagando una renta muy baja y no pueden irse a pagar otras rentas, la vieja Lola de la buhardilla, que está para un susto, y yo misma.

Lo han intentado todo, Ángel, sobornarme de todas las formas imaginables: dinero, un piso en otro lugar... Están convencidos de que si yo me largo, las dos familias no se atreverán a enfrentarse a esos buitres y Lola está tan mayor que pueden declararla inútil cuando se lo propongan, no tiene más familia que un gato tan viejo como ella. Con todo, yo no me voy. Pero mucho me temo que intenten algo diferente la próxima vez, vamos, que hagan algo no demasiado bueno, ni demasiado legal. No he querido decir nunca que te conozco desde que diste el primer berrido porque nunca me gustó utilizar tu influencia. Ahora te necesito como el casi hijo que eres.

Ya sé que estás muy ocupado, pero tú tienes contactos, poder, influencias. ¿Podrías dedicar un poco de tu tiempo para averiguar qué quieren y quiénes son?

De paso, tal vez encuentres tiempo para hacerme una visita, porque hace años que no se te ven las canas, hijo. Te prepararé una de aquellas meriendas que tanto te gustaban de niño.

Un beso, mi niño.

—¡La muerta ha enviado una carta! —Antonio hablaba en voz alta sin darse cuenta—. Luego dirán que los escritores tienen imaginación.

De aquella carta, Antonio dedujo unas cuantas cosas:

La primera, que su tío, aquel solterón imponente e importante, resultaba ser el niñito, goloso y con canas, de aquella señora que cuidó de su persona desde que era un cagoncete. Un buen tanto para utilizarlo en beneficio propio, es decir vía chantaje, con su tío. Cuando se recuperara del sueño en que ahora vivía, claro.

La segunda, que la carta en cuestión debió alertar bastante al notario. No estaba claro que fuera la causa directa de su ataque, pero tampoco estaba en la papelera. Tal vez alguien, no sabía cómo, le hubiera notificado la muerte y el tío concediera entonces un interés nuevo a la carta de una vieja que podía chochear. Miró el encabezamiento: Gijón, 2 de febrero, 2004.

Comprobó que, en el calendario, estaban a quince de julio, del mismo año, claro. No era una carta reciente, y sin embargo la tenía estrujada en su mano como si, algo o alguien, la hubiera devuelto a la actualidad. Como la propia Basilia sospechaba entre líneas, el notario no encontró tiempo para quitarse sus orejeras vitales a tiempo de salvarla. Debió de sentirse muy culpable el notario.

Por último, y sin entrar en mayores, alguien parecía jugar a presionar al personal para que dejaran su vivienda habitual por razones no muy limpias.

—¡Aquí hay un caso! —se dijo en voz alta. Entonces fue cuando justificó su comportamiento en el despacho. Ya se lo decía su instinto de buen lector.

De momento, decidió no comentar con su padre ni el asunto de la carta, ni su futura participación en los acontecimientos. Una cosa era compartir aficiones literarias y otra muy distinta obtener sus bendiciones para vivirlas en carne propia. La primera tarea consistiría en averiguar dónde vivía aquella Basilia, niñera de su madre y su tío, desde que era un cagoncete y un llorón, una mujer que, seguro, le habría resultado simpática.

—¡A comer!

La voz de Concha, la criada que llevaba en su casa desde que él era un cagoncete como su tío, seguía sonándole como la de un gallo desafinado. Le ponía los pelos de punta. Miró el reloj: las tres y diez. Hacía casi cinco horas que había encontrado a su tío Ángel descoyuntado sobre el escritorio a causa de un coágulo de sangre que, podría jurarlo, andaba vinculado con la carta. Si no fuera porque al notario le tenía un profundo cariño, habría disfrutado pensando en que se le presentaban las mejores vacaciones de toda su vida.

—No puedo comer. Tengo un nudo en el estómago. ¡Mi pobre hermano en el hospital y nosotros sentados a la mesa!

—Ayunando no podremos ayudarle, Mina.

—¡Qué frío eres, Pablo!

—Piensa en tu hijo, mujer.

Y Carmen miró a su hijo, que se acababa de servir ración doble de tallarines. El menú de pasta seguro que había sido un soborno realizado a Concha por su hijo, aunque no era necesario mucho chantaje para que Antonio la convenciera: lo mimaba y consentía como si fuera una abuela. Ver comer a la familia le produjo arcadas.

—Me voy al cuarto.

—Mina, mujer, haz un esfuerzo. Después de comer volveremos al hospital. Aunque, ya sabes lo que dijo el doctor Larra, si hay novedades nos llaman, si no, es mejor que estemos en casa.

—¡Hombres!

Y se fue a su cuarto. El apelativo de Mina venía de los tiempos de la infancia, cuando todos la llamaban Carmina. Y el diminutivo del nombre dio paso a su vez a otro diminutivo. Desde que ella recordaba, todos la habían llamado Mina. Incluso contaba que el día de la boda, cuando el sacerdote preguntó aquello de «Carmen, ¿quieres a Pablo por esposo?», estuvo a punto de mirar a sus espaldas para saber quién era la novia.

—Papá, ¿tú sabes dónde vivía Basilia?

—Ésa es otra. Tendremos que ocuparnos de ella después de que el forense le practique la obligatoria autopsia, somos lo más parecido a parientes cercanos. No tiene otra familia que a tu madre y tu tío. Pobre mujer, menos mal que no debió de tener una muerte dolorosa. ¡Es como si se hubiesen puesto de acuerdo!

—¿Quiénes?

—Pues no sé, hijo, el destino, la mala suerte... Tu madre

está muy afectada. Basilia estuvo en la casa hasta que murieron tus abuelos, o sea, hasta hace trece años.

—Yo no la recuerdo.

—Eras muy pequeño. Y lo cierto es que, desde que se fue, raras veces volvió a visitarnos. Decía que, por fin, había encontrado su lugar en el mundo.

—¿Su lugar en el mundo?

—Sí, algo así como si estuviera haciendo lo que más le gustaba y no había podido hacer hasta ese momento.

Antonio recordó lo que contaba en la carta sobre su vocación de maestra y aquellos dos niños, Asím y Bembó, a quienes ella enseñaba castellano.

—¿Dónde vivía?

—En Cimadevilla. Invirtió todos sus ahorros, hace años, en comprarse allí un piso. Su padre había sido pescador en un pueblo gallego y ése era el barrio de los pescadores de Gijón.

—Pues ahora es el barrio de las copas y...

—Eso, mejor ni lo menciones, que tu madre aún piensa que tiene un niño en casa.

—¿Todas las madres son iguales?

—Me temo que sí.

—¿Conocías su casa?

—Naturalmente. A Basilia le gustó, durante un tiempo, tener un lugar en el cual recibir a la gente que consideraba su familia, o sea, nosotros. Por primera vez tenía un lugar propio. Calle Las Cruces, número 13. Pues ¡no le hicimos bromas con el número ni nada! Tu tío la toreaba diciendo que vivía en la cruz de la mala suerte.

—Pues no iba del todo descaminado.

—Debía de estar muy mayor. Hace años intentamos que se fuera a una residencia. Tu tío Ángel quería que se fuera a uno de esos chalecitos tan monos que abundan en las afueras y donde pasan los abuelos ricos sus últimos años, incluso me consta que lo intentó de nuevo no hace mucho tiempo, pero Basilia se negaba en redondo. «De mi casa me sacan con los pies por delante», solía decir muy enfadada. ¡Menudo carácter de mujer!

Antonio lamentó no haberla conocido. Intentaba buscar en su memoria un recuerdo, pero no aparecía ninguno con su nombre. Lo que sí hizo fue memorizar la dirección. Por suerte estaba de vacaciones y tenía todo el tiempo y todas las excusas para realizar una incursión al barrio de Basilia.

—¿Y ahora, en el barrio ya no viven pescadores, papá?

—Supongo que quedará alguno, pero tenemos un alcalde al que le gusta poner su sello en la ciudad. Quiere acabar con los lugares oscuros, los edificios ruinosos...

—Poner gente guapa en los lugares bonitos. Cimadevilla está al lado del nuevo puerto deportivo, no debe de ser muy estético tener un barrio cutre cerca.

—A veces, a los pobres les roban hasta el olor de sus lugares de siempre.

—Y pretende meterlos en asilos. Donde no huelan mal.

—Te veo muy comprometido. Me gusta, hijo. Me parece que este mundo puede tener solución si vosotros lucháis por cosas como el 0,7 para el Tercer Mundo.

—Para lo que sirve.

—Una golondrina no hace la primavera, pero la anuncia.

El chico no lo entendió muy bien porque tenía la cabeza ocupada en un asunto prioritario: averiguar quién había dejado abierto el gas en casa de Basilia. Algo le decía que una mujer con sus arrestos, no olvidaba cerrar el gas. Y mucho menos lo dejaba abierto voluntariamente.

Basilia había mandado una carta que debía servir para no dejar su muerte impune. Antonio se sentía como el más avispado de sus novelescos detectives.

UN ARMENIO EN GIJÓN

Calle Las Cruces, número 13. La dirección tuvo que esperar tres días: fue necesario enterrar a Basilia, aunque a él no le dejaron verla antes de enterrarla porque la autopsia la había dejado desfigurada, pese a que no se encontró, oficialmente, otra causa de la muerte salvo la intoxicación. Le llamó la atención la cantidad de gente desconocida que asistió al funeral, sobre todo aquella familia de negros como el betún, cinco niños y una mujer. También resultaba chocante la presencia de una mujer, silenciosa y muy hermosa que era llevada de la mano, o más bien conducida, por un chico que tendría más o menos su edad y los ojos más inquietantes que había visto Antonio en toda su vida. Durante un momento, se miraron y parecieron acordar una cita que tendría lugar el lunes de la semana siguiente. Pero eso, aún lo ignoraban ambos.

Además había que ocuparse de su tío; no iba a morirse, pero se mantenía en un coma del que los médicos, con todas sus batas blancas y su prepotencia, ignoraban cuándo saldría. Si es que lo lograba. Tal vez hubiera encontrado el modo perfecto de vivir en una cómoda inopia.

Hasta el lunes, Antonio no logró zafarse de las responsabilidades familiares y escapar en dirección a la calle del barrio de Cimadevilla, un laberinto empinado de callejuelas y pequeñas plazas en las que podías perderte si no estabas entrenado para reconocer sus esquinas. Le resultaba difícil imaginar que aquellas construcciones, pobres en su mayoría, pudieran albergar algún día personajes diferentes. Tampoco los imaginaba muy felices rodeados del fuerte olor a sardina asada. El barrio era conocido también por la cantidad de pequeños bares dedicados a servir un tan exquisito manjar hoy, comida de pobres apenas tres décadas atrás.

Destilaba encanto. Ese algo indefinible capaz de convertir un lugar, por feo o pobre que fuera, en algo acogedor por albergar a personajes contrapuestos. El laberinto, el colorido de algunas fachadas, el casi derrumbe de otras y aquel permanente olor a sardina, no resultaban molestos en su conjunto, sino entrañables. Además asomaban los restos del pasado glorioso de la ciudad en forma de murallas y un discreto palacio, amén de varias capillas renacentistas.

—¿Buscas a alguien?

Antonio se dio la vuelta dispuesto a no dejar traslucir el susto en la cara. Lo que más le gustaba de sus detectives era que jamás parecían sorprenderse por nada. Debía de ser cuestión de práctica, aunque no parecía fácil fingirse un tío duro en territorio desconocido, y para él aquel barrio era como una reserva de indios.

—Busco una calle, Las Cruces. ¿Sabes por dónde cae?

Aquel chico de mirada oscura, capaz de taladrar la mente, era el mismo que había visto en los funerales de Basilia. Debía de ser uno de aquellos extranjeros a los que la mujer impartía clases para mejorar el castellano. Todo en él se mostraba ambiguo, como si todas las patrias pudieran ser la suya sin pertenecer enteramente a ninguna.

—Cerca.

—¿Estabas en el entierro de Basilia, verdad?

—Sí. Tú debes de ser el señorito ese del que ella hablaba a veces. Un pijo con dinero. No te cuadra el barrio, chaval. Gente de mal vivir, según tu familia.

—Que yo sepa no hay barrios prohibidos.

—Porque tú lo digas. ¿Podría yo pasearme tranquilamente por el tuyo?

—¿Lo has intentado?

No debía de estar acostumbrado a que le respondieran de semejante forma. Sonrió y extendió una mano en oferta de tregua.

—Me llamo Asím.

—Yo, Antonio.

—¿Buscas algo en concreto?

—No sé lo que busco, pero estoy convencido de que Basilia no murió de manera inocente. —Prefirió ir directo al grano, aquel chico no debía practicar las florituras sociales—. Y, además, el «accidente» de mi tío parece estar relacionado con la casa en que vivía esa señora.

—¿Relacionado? Al notario le dio un telele en su despacho, y no vive en un edificio en ruinas, o con ganas de declararlo en ruinas, que yo sepa. Así que no sé dónde puede estar la relación.

—Me gustaría que me llevases hasta la calle Las Cruces, de camino puedo ponerte al día sobre mis sospechas.

—¿Eres detective?

—Lo seré.

—¡Lo que nos faltaba! Primero fue un notario en el que Basilia confiaba y que no movió un dedo y ahora es el sobrino, el fulano no tenía hijos, quien se presenta en plan salvador de causas imposibles.

Pese al tono duro, Antonio intuía que podría contar con su ayuda. Se lo decían esas antenas especiales agazapadas bajo algún lugar de la piel y que emitían buenas señales o le ponían los pelos como escarpias si el otro no era de fiar. Asím le merecía confianza de manera instintiva y seguro de que al desconocido le sucedía lo mismo. Enseñó una de sus mejores sonrisas para disipar los recelos del muchacho con ojos de taladro.

—Mira, no sé si puedo ser útil, pero por intentarlo no vamos a perder nada. Si te parece podemos hacer el trabajo juntos.

—¿Qué trabajo?

No se rendía fácilmente. Demasiadas malas experiencias acumuladas sobre sus pocos años. Pensó que aquel chico lo examinaba antes de proporcionarle información.

—Intentan que los inquilinos se larguen, ¿no? —Asím asintió—. Imagino que si no lo consiguen de una forma lo intentarán de otra, como es posible que hayan hecho con Basilia. Yo no conocía demasiado a esa señora, y lo lamento, créeme, pero mi tío tenía una carta suya apretada en la mano cuando se desplomó sobre su escritorio. Y no suelo creer en las coincidencias gratuitas. Me interesa saber qué pasa, aunque a mí no vayan a desahuciarme. ¿Te apuntas?

—Puede ser peligroso.

—Nadie sospechará de un par de adolescentes en vacaciones escolares.

—Yo trabajo.

—¿Cuántos años tienes?

—Quince.

—Pues no es muy legal a tu edad.

—La necesidad no entiende de legalidades, chico rico. Recojo las basuras de un chigre del barrio, limpio las porquerías de turistas y ociosos en general y colaboro en una economía que no anda muy sobrada. Mi madre trabaja de asistenta en varias casas, pero no es algo bien pagado.

—No temas, no voy a denunciarte.

—Te rompería los dientes.

—A mi madre le daría un soponcio, ¡ni te imaginas lo caros que son los dentistas!

Se rieron a dúo. Aquello podía ser el comienzo de una estupenda amistad. Asím decidió llevarlo hasta la calle Las Cruces, número 13. Por el camino, Antonio descubrió que el muchacho saludaba a casi todos los transeúntes con aspecto de pertenecer al barrio. Sería una estupenda fuente de información. Recordó que aún restaba comprobar a quién correspondía el número de teléfono marcado por su tío antes de desplomarse.

—Ahí la tienes: la casa de la discordia.

No parecía en ruinas. Necesitaba una mano de pintura y algún arreglo, pero lucía incluso bonito, de tres plantas con mansarda incluida, flores en dos de los balcones y una elegancia sin pretensiones, como si hubieran intentado no desmerecer en un barrio acogedor y bullanguero.

—Yo vivo en el segundo, en el balcón de los geranios. A mi madre le encantan las flores, dice que uno debe tener raíces donde vive y si no pueden ser otras, pues de macetas.

—Es una buena teoría. ¿De dónde venís?

—Tenemos los papeles en regla.

—Mira, Asím, no soy poli, ni he venido a investigar de qué modo puedo jorobarte. Puedes ser todo lo suspicaz que te venga en gana, pero hará más difíciles las cosas.

—Somos armenios. Mi padre murió asesinado cuando yo tenía tres o cuatro meses.

El chico guardó unos segundos de silencio, valorando hasta dónde podía dar información al niño rico. Antonio intentó localizar en algún mapa de su memoria dónde vivían los armenios, pero no logró localizarlo. Con aquello de conocer bien lo propio, a veces, tenía la impresión de vivir en un mundo sin más nombres que los escritos en los periódicos o en los mapas de los informativos.

—No debió de ser nada fácil para una mujer escapar de aquel lugar con un bebé, pero ni te imaginas lo fuerte que puede llegar a ser. Dijo que a su hijo no se lo traerían con el cuerpo lleno de balas. Tardó años en conseguir regularizar nuestra situación. Ahora somos legales y estábamos felices en esta tierra y en esta ciudad que tiene un montón de gentes estupendas.

—Y algún cabrón para estropear las cosas.

—Los hay en todas partes.

—Eso dice mi padre.

—Sube, te enseñaré mi casa.

—¿A tu madre no le importará?

—No, le gusta que lleve amigos a casa, aunque siempre está «habitada» por algún miembro de la familia Saturé, casi siempre hay alguno en casa, y Bembó pasa más tiempo en la mía que en la suya, claro que son tantos que ni se dan cuenta de que falta alguno. Son unos okupas divertidos, no molestan y Bembó es capaz de arreglar cualquier cosa.

—Son los negros que estaban en el funeral, ¿no?

—Sí. Buena gente. Un poco ruidosa, pero buena gente. El barrio es bastante ruidoso, pero, en general, suele ser ruido bueno.

A Antonio le gustaba cada vez más la compañía de Asím. Entraron en el portal, abierto y al servicio de dos niñas de dos y seis años jugando con una muñeca y que los miraban con enormes ojos de susto. Asím las saludó como si fueran sus hermanas pequeñas y la menor se agarró a su pantalón y los siguió escaleras arriba.

—Son hermanas de Bembó, pero no parecen tener hermanos suficientes y me tienen de tío adoptado. Por ellas, claro.

—Melo, ate —exigió la niña.

—¿En qué idioma habla? —preguntó Antonio.

—¿Nerelé? En el universal de los niños. Melo es caramelo y ate, chocolate. La mocosa me confunde con su proveedor de golosinas. Sólo tiene dos años, pero parece haberse doctorado en la universidad del chantaje.

Lo dijo con ternura y la niña estaba convencida de que atenderían sus peticiones. Llegaron al segundo piso izquierda y Asím sacó una llave escondida bajo su camisa y colgada de una cadenilla de plata.

—Adelante.

La casa era pequeña. Cabría en el salón de Antonio, pero resultaba acogedora. Olía a flores y a especias imposibles de distinguir por la pituitaria de Antonio. Tenía un pasillo bastante largo, al final del cual estaba la cocina, antigua, con un hornillo de gas, un armario azul apoyado contra la pared, una mesa y tres sillas pintadas de azul. Otras tres puertas correspondían al baño y dos diminutas habitaciones.

—¿Todas las casas son como ésta?

—Menos la buhardilla, que sólo tiene una habitación.

—¿Y la familia Saturé vive en tan poco espacio?

—Chico, ¿de qué planeta vienes? Para ellos, una casa con dos habitaciones, cocina y baño es un lujo. Vamos, que les sobra espacio.

—Supongo que depende de lo que uno haya vivido.

—Tú lo has dicho, chico rico.

—Melo, ate.

A la pequeña sólo parecía interesarle su ración de dulces y no aceptaría quedarse sin ella porque aquellos dos hablaran de sus cosas. Asím abrió el armario azul de la cocina, cortó un par de onzas de chocolate, idénticas a la piel de la golosa, y se las dio a la niña. De momento eso fue suficiente para que se acomodara en el suelo y disfrutara de su tesoro alimenticio.

—Bueno, ¿vienes por curiosidad? Te advierto que la casa está sellada por la policía y me imagino que sólo la abrirán para tirarla. A la inmobiliaria ya le quedan menos inquilinos. En realidad, tres. La familia Saturé, la vieja Lola, que vive en la buhardilla, y nosotros.

—¿Tan mal está el edificio?

—No, pero desmerece. Tal como está no sirve a quienes pretenden ocupar este barrio. ¿No has visto cómo ha cambiado, la cantidad de casas hermosas y caras construidas sobre los viejos edificios?

—Eso no es malo. La ciudad cada día mola más.

—Y cuesta más. El alcalde está construyendo una ciudad de película. A los políticos les gustan las ciudades bonitas.

—Y a la gente. A mí me gusta que Gijón haya mejorado tanto, que tenga puerto deportivo, jardines, buenas aceras, edificios restaurados...

—A todos nos gusta. Lo malo es que la belleza no está al alcance de todos, siempre quedan personas que no saben adónde ir. Gente sin demasiados recursos, gente fea porque no puede cuidarse ni vestirse bien... Los perdedores.

—Tú no eres un perdedor.

—Soy un ferviente candidato.

Antonio tenía la impresión de hablar con un adulto. Sus compañeros de clase vivían preocupados por otras cosas, por los nuevos juegos de la Play Station, por los conciertos que podrían ver en verano, por las vacaciones, por lo que cambiaban las compañeras de clase y las hermanas... Asím parecía haber vivido siempre en el mundo de los adultos, pero de igual a igual. Seguro que nunca le había dicho su madre lo que la suya repetía veinte veces al día: «No tienes edad para esas cosas». La madurez no era un problema de edad, sino de barrios.

—He venido a entender —dijo Antonio sin saber muy bien lo que había pretendido decir. Como si se estuviera respondiendo a sí mismo.

—Un mirón que no hará nada. Como tu tío.

—¿El notario?

—Sí. No sé por qué Basilia confiaba tanto en él. Mi madre, cuando nos quedábamos a solas en la cocina, sentía lástima por la vieja. Siempre supo que no haría nada, que los ricos no son agradecidos porque están muy ocupados siendo ricos.

—Mi tío no sabía nada.

Asím lo miró y el chico rico se sintió observado desde la atalaya de mil pueblos perseguidos, de miles de derrotados con todo perdido excepto la dignidad. Aquellos ojos nunca se doblegarían. Supo todo eso en unos segundos, tal vez porque las grandes lecciones se asimilan a dentelladas, en el espasmo de un rayo.

—Lo sabía todo. Basilia le escribió una carta después de intentar convencerlo varias veces por teléfono...

—Lo sé. Yo leí esa carta, por eso estoy aquí. La tenía mi tío en la mano cuando le dio el soponcio. Pero sólo había sospechas, no había datos concretos.

—La misma mañana de su muerte, yo llamé al notario. Todo el edificio olía a gas, un descuido y hubiéramos volado todos. Casi les sale redonda la jugada...

—¿A quiénes?

—No quieras saberlo todo de golpe, niño rico, puedes indigestarte. Yo lo llamé, le dije que habían matado a Basilia y el tío sólo quería saber mi nombre y repetía que no era una broma de buen gusto. ¡Tu tío es un gallina, chaval!

Antonio no contestó porque, en el fondo, coincidía con el armenio. Su madre, Mina, lo llamaba cobarde porque no le duraba una novia ni tres meses, «a eso se le llama pánico, hermanito», solía repetirle mientras le buscaba nuevas candidatas. Hasta el momento, la cobardía de su tío se limitaba a las mujeres, pero Asím parecía haber descubierto nuevos flancos desconocidos de su miedo. También hablaba de ellos la vieja niñera en la carta.

—Ni siquiera vino a ver la casa. Un día le dijo a Basilia, cuando ya había recibido la carta, que era una suerte que pensaran derribarla, así podría ir a un lugar mejor y estar mejor atendida. Él le daría dinero... Los ricos lo solucionan todo con pasta. ¿Quién demonios era él para saber qué es bueno para otro?

—Seguro que no había maldad en lo que dijo. Basilia estaba muy mayor.

—Y muy lúcida.

Los dos chicos se quedaron enfrentados y en silencio. Nerelé los miraba, con la cara y las manos sucias, esperando la oportunidad de pedir más golosinas. Algo la avisaba de que no era un buen momento para reclamar más chocolate.

—¿No sería por otras razones, chico rico?

—No se me ocurren. ¿Qué interés podía tener mi tío en que tiraran o no el edificio?

—¿Has oído hablar de las hipotecas?

—No mucho. Los anuncios y poco más.

—Pues mira, vete a tu casa, solicita información, entérate. Después averigua si la constructora que intenta cargarse nuestra casa tiene relaciones con el despacho de tu tío. Cuando te hayas quitado la venda de los ojos, seguimos hablando.

—¿Cómo se llama la constructora?

—El Dorado. Parece un chiste.

Antonio iba tomando nota en su mente de la información recibida. Encajaba la carta, el ataque de su tío y su necesidad de saber. De pronto oyó algo que sonó como un disparo.

—Nadie lo dijo. No salió en la prensa. Basilia tenía un golpe en la nuca, y no había ningún objeto contundente cerca contra el cual hubiera tropezado. Estaba en el suelo y tenía un enorme morado en la base de la nuca.

—¡Le hicieron una autopsia!

—¿Y qué?

—Pues que tendría que haber figurado en algún lado, tendría que haber venido la policía...

—La policía sólo vendrá para desalojarnos. ¡Eres un ingenuo, chico rico!

Asím se equivocaba. Tardaría poco en descubrir que, al menos un policía, iría para averiguar la verdad, para impedir que los atacaran y para tratar de hacer justicia. Pero, de momento, todos figuraban como enemigos de los habitantes del número 13 de la calle Las Cruces.

—Ate, ate —pidió Nerelé harta de esperar a que callaran.

—¡He conseguido la madera!

En la casa de Asím todo el mundo parecía conocer el modo de entrar. El cuerpo largo y ágil de un muchacho tan negro como Nerelé asomaba a la cocina.

—Hola, Bembó.

—No sabía que tenías visita.

—Ya se iba. Es un chico rico que se equivocó de barrio.

Antonio sintió que se ponía rojo hasta la raíz de cada pelo. Nunca se había sentido tan fuera de lugar, tan ignorante. Jamás ningún otro chico le había hecho sentirse un perfecto inútil. No se dejaría amilanar, podía ser un chico rico, pero no un imbécil. Además, él no era rico.

—Volveré. Traeré información. —Asím y Bembó lo miraban como si fuera un marciano hablando de invasiones—. Si es cierto que a Basilia la han asesinado, te aseguro que no quedará sin castigo quien lo haya hecho. Tener pasta no te hace malo, chico resentido.

—Puede hacerte tonto, chico rico.

—¡Ya lo veremos!

Y Antonio salió de la casa sin atreverse a mirar atrás. Por la escalera casi tira a una mujer negra que subía cargada de bultos y con dos niños colgados de algún lugar de su ropa.

—¡Eh, chico, tú mejor mirar donde pisar!

—Lo siento —murmuró Antonio sintiendo muchas más cosas de las que podía expresar.

Un golpe en la nuca. Silencio oficial. Un tío notario tal vez vinculado a los hechos. Una carta que señala el riesgo y anuncia el futuro inmediato. Un número de teléfono que aún no había confirmado... Demasiados cabos sueltos para tan poco tejido.

—¿Dónde vivirán los armenios?

Se dijo a media voz como si, pese a todo, aquélla fuera su mejor intriga. Debía de quedar muy lejos, o muy oculto a las noticias regulares de la tele. Resultaba ser un lugar peligroso y no tenía ni remota idea de dónde quedaba.

—¿Cómo habrán acabado en Gijón?

Aún tardaría en saber cuán largos pueden ser los caminos del exilio.

¿QUIÉNES SON LOS ACTORES?

—Papá, ¿conoces una inmobiliaria que se llama El Dorado?

Había decidido sonsacar toda la información que pudiera. Un buen detective no actúa sin contar con el mayor número de cartas entre las manos, a ser posible guardando un as en la manga. Proponer una partida de ajedrez era el mejor modo de predisponer a su padre. Le había comido una torre y los dos caballos, Pablo Larralde sufría enfrascado en la humillante derrota que le infligiría su hijo si utilizaba bien el alfil; era el mejor momento para interrogarlo sin que se preguntara a su vez el porqué del mismo.

—Sí. Conoces a uno de los socios. Es Celso, el padre de tu amiga Laura.

—Laura sólo es amiga de los espejos.

—No seas cruel. De todos modos, lo de Celso debe de ser una participación minoritaria, creo que el alto jefe es un tal Mauro Mínguez. Es de los tipos con quienes no cenaría si pudiera evitarlo.

Si movía el peón que protegía al rey evitaría un jaque inmediato, pero la reina corría serio peligro. Pablo no reparó en el interés de su hijo por la inmobiliaria, tan sólo en la partida.

—¿Tío Ángel trabaja para ellos?

—No, hombre. Los notarios no trabajan para nadie en concreto. Puede atender en su despacho asuntos que necesiten su firma, pero los notarios sólo trabajan para su cuenta corriente —rió el chiste que su hijo no captó—. Por eso no hay manera de casar a tu tío: padece la impresión de que todas buscan su dinero. Mina lo tiene crudo para encontrar una mujer capaz de saltar la barrera de miedo de tío Ángel.

—¿Tú dirías que es un cobarde?

—Hombre, yo no llegaría a tanto. Tu tío es rarillo, pero no me extraña, se pasó los mejores años de su vida quemando pestañas y preparando la oposición para llegar a vivir como un marajá... Poca juerga y mucha disciplina. Eso debe de dejar las neuronas tocadas. Y conste que, personalmente, le tengo mucho cariño al tío Ángel, me parece un niño pequeño metido en un cuerpo de cincuentón.

Al chico casi se le escapa que lo de su tío debía de ser vocacional, pero para soltar tal información tendría que hablar de la carta. Prefirió sonsacar otro tipo de información.

—¿Las hipotecas son cosa de notarios, papá?

Pablo levantó la vista del tablero. Hablar de novelas de detectives con su hijo no levantaría sus sospechas, pero la charla no iba de psicópatas, sino de hipotecas. Y eso resultaba muy raro.

—¿Estás bien, hijo?

—Es por una novela que no entiendo, hombre.

Por suerte reaccionó a tiempo. No pensaba contar en su casa la visita al barrio de Basilia, ni que había encontrado la carta, o conocido a un chico armenio que lo llamaba chico rico y lo creía tonto. Tampoco pensaba hablar del «asesinato» del golpe en la nuca no mencionado en el informe forense. De momento necesitaba datos para situarse.

—¿Me das tablas?

Antonio le regaló las tablas a su padre a cambio de la información. Las hipotecas, su tío y la inmobiliaria, formaban parte de un entramado insospechable para el chico. En resumen, se trataba de un juego económico donde alguien, en este caso la inmobiliaria El Dorado, tenía claro un buen negocio de construcción: comprar, lo más barato posible, edificios en ruinas o candidatos a ser declarados en tal estado, remodelarlos y convertirlos en modernos apartamentos con sabor antiguo y casi siempre en lugares de la ciudad donde ya no quedaba ni un centímetro de terreno para nuevas edificaciones. Para realizar el proyecto necesitaban que una entidad financiera les concediera un buen crédito hipotecario, es decir un préstamo cuya garantía la daba el propio valor del edificio, que, a su vez, se iría subrogando a los compradores, por la parte correspondiente de su vivienda, para facilitar la compra de los unos y la venta de los otros. El papel de su tío era algo parecido a un mediador legal, es decir, quien convertía en limpios y legales los préstamos dando fe de que unos habían dado el dinero a otros a cambio de unas determinadas prestaciones en forma de intereses.

—¿Y por hacer eso le pagan?

—Y mucho, hijo.

—Menudo chollo.

—Bueno, recuerda los años de duras oposiciones.

—Ya, y lo de las neuronas tocadas.

—Ni se te ocurra decirle a tu madre nada de las neuronas del tío Ángel. Y menos ahora que el pobre está en el hospital.

—Descuida. Otra cosa, ¿puede hacerlo cualquier notario?

—En principio sí. Pero esto de las hipotecas es algo complicado: se trata de que el notario dé fe de que el valor por el que se concede es real, es decir, que el edificio, o el piso, realmente puede costar ese dinero. Comprenderás que hay matices. Eso fijará, de alguna manera, el precio que tendrán después las viviendas, y también la facilidad para venderlas, porque si al comprador le ofrecen una hipoteca que cubra gran parte del costo total y a bajo interés, pues será más fácil que compre...

—¿Puede comprar cualquiera esos pisos?

—¡Uff! Esa inmobiliaria sólo trabaja en zonas de lujo y con pisos de lujo. ¡Trabajan para ricos!

—Como nosotros —dijo Antonio sintiéndose acusado sin palabras.

—A nosotros nos costaría un gran esfuerzo poder comprar uno de esos pisos.

—O sea, que no somos tan ricos. —Y había alivio en la voz.

—No señor, vivimos bien. Tu padre tiene un sueldo más que decente, pero es un sueldo, no millones.

—Me alegro.

Pablo miró a su hijo. Alguna vez había temido ver en él un retrato del tío Ángel, que sin ser mala persona, a él le parecía fabricado con cartón de embalaje y forrado con papel reciclado de pagarés a noventa días. Tal vez por eso había apoyado siempre las aficiones a la novela negra de su hijo, para comprobar que lo emocionaban cosas normales, como las aventuras.

—Oye, papá, ¿donde viven los armenios?

—Por desgracia, desparramados por el mundo, como los kurdos y otras minorías. Si te refieres al lugar de origen, pues al sur del Cáucaso.

—¿Por dónde cae?

—Según llegas a la antigua Unión Soviética.

—¿Comunistas venidos a menos?

—El pueblo armenio es un pueblo antiguo y con tradición propia, incluso con alfabeto propio, conservan una antiquísima liturgia católica, no oficial porque hace siglos que sufrieron un cisma con la Iglesia de Roma...

—¡Jo, pensé que era más sencillo eso de la historia!

—Sucede que hemos ido ganando en ignorancia. Desconocemos todo lo concerniente a pueblos o minorías sin poder para imponerse a los demás.

—Lo que más me gusta de ti es lo listo que eres. Y no es coba, papá.

—¿Qué novela estás leyendo?

—Es un secreto. Te prometo que, cuando la termine, te daré todos los datos.

En realidad tendría que escribirla personalmente. Por lo

cual no sería mala idea tomar nota de todo cuanto iba descubriendo. La historia de los armenios tendría que esperar, pero decidió darse un paseo por los libros de historia. Quedaban por comprobar dos cosas, así que fue hasta su habitación con la guía de teléfonos bajo el brazo y dejando a su padre meditando sobre el tablero de ajedrez.

Primero marcó el número de Gijón, la última llamada de su tío antes de desplomarse. Al tercer tono, una voz de mujer grabada en un contestador saltó por el auricular: «Está usted llamando a las oficinas centrales de El Dorado. Lamentamos no poder atenderle. Durante el período estival, el horario de oficina será de ocho de la mañana a tres de la tarde. Disculpen las molestias».

Su tío había hablado o intentado hablar con la inmobiliaria. Ahora había que localizar la dirección de las oficinas: la avenida Carlos Marx. Al chico le pareció una broma. Sin embargo, el número que había marcado su tío no figuraba en la guía de teléfonos, debía de tratarse de una línea privada. Marcó otro de los números, ya en la guía, y salió el mismo mensaje.

—El niño rico no se cruzará de brazos —aseguró en voz alta.

Salió de casa anunciando que daría una vuelta con la bicicleta.

—No vuelvas tarde. Tu madre está muy nerviosa, hijo.

Pensó contestar que todas las madres estaban siempre nerviosas. Prefirió callar. Tal vez porque recordó la calma irradiada por la madre de Asím.

De momento salían a la luz una parte de los actores. No

imaginaba que Celso, un hombre con enorme bigote y de quien todos decían que se había estancado en los años sesenta, formara parte de un grupo al cual no le importaba matar a una vieja indefensa para conseguir sus fines. Por primera vez, intuyó que los «malos», fuera de las novelas, podían ser gentes al margen de toda sospecha, respetables ciudadanos con hijas que se pasaban el día mirándose en los espejos.

MEJOR FORMAR EQUIPO

Su casa estaba situada casi al final de la playa San Lorenzo, la más larga de Gijón, aunque el alcalde había recuperado unos cuantos kilómetros de playa hacia el oeste. La ciudad estaba cada día más hermosa. El barrio de Cimadevilla, uno de los límites de esa playa, formaba un saliente sobre el mar donde quedaba constancia del paso de romanos y otros pueblos. Una ciudadela con poder y comercio durante el medievo.

Le sorprendió cómo apenas dos kilómetros transformaban tanto el paisaje y, sobre todo, el paisanaje. Cierto que la ciudad cada año mejoraba, sin lugares oscuros o tristes, reluciente y recién pintada como una novia, aunque padecieran obras capaces de dejarla en estado de ciudad sitiada durante meses, pero nunca se le había ocurrido pensar en el costo de tantas mejoras para ciertas familias. Era un chico rico, aunque no tanto según decía su padre, pero de ningún modo un imbécil a quien le importase todo una gaita.

Mientras lo pensaba y sentía el aire del mar sobre su pelo casi al cero tan diferente al ensortijado de Asím o al de Bembó, negro y formando apretujadas caracolas, logró sentirse bien. Sin rabia, sin rencor. El armenio podía tener razón en todo excepto en una cosa: su tío Ángel no estaba implicado. Apostaría su mano derecha y toda su colección de novelas de detectives. Las supervivientes de los expurgos maternos, claro.

Llegó hasta el portal y la primera sorpresa fue ver a Bembó muy ocupado con una hermosa silla de madera. Nerelé le hacía compañía.

—Ate, melo —dijo la niña aferrándose a los pantalones de Antonio.

—Lo siento, hoy se me olvidó, pero será la última vez. Te prometo que siempre te traeré alguna golosina.

—Lo llevas claro, chico rico. A mi hermana no se le olvida una promesa. Hablar no hablará, pero lo entiende todo.

—Yo siempre cumplo mis promesas.

—Un hombre de palabra.

Los tres miraron a Asím. Si afirmara tener dieciocho años, todos lo creerían. Andaba por la vida con un aplomo envidiable. Algunas veces, Antonio se miraba en el espejo del cuarto de baño y comprobaba cómo el tiempo no dejaba huellas sobre su cara de niño incapaz de romper un plato.

—Creo que ya tienes un colaborador para los caprichos de Nerelé —dijo Bembó que parecía tomarse con más calma la vida.

—Los turistas siempre se largan. Tu hermana debería saberlo.

—Asím, te lo voy a decir sólo una vez. —Intentó aparentar la misma seguridad del armenio—. Primero, no soy rico, en el sentido estricto de la palabra. Mi familia vive bien, es cierto, del sueldo de mi padre, que sobrepasa el mínimo legal, pero no hay millones en mi casa. Segundo, yo no tengo la culpa de todas las desgracias del mundo, tampoco puedo remediarlas o hacer justicia histórica. —Asím comenzó a mirarlo de forma diferente—. Y tercero, estoy convencido, y tengo algún dato más, de que alguien mató a Basilia, no sólo por el golpe que tú le viste en la cabeza. Digamos que es una corazonada y que empiezo a conocer a los actores del teatrillo montado. No voy a dejarlo correr. Si cuento con vosotros, pistonudo, si no, lo haré yo solo.

Incluso Nerelé lo miraba como si fuera un elefante rosa recién aterrizado en su barrio. Bembó dejó de lijar la silla y Asím se sentó junto a él en la escalera de la entrada.

—Tienes razón en una cosa, no se puede generalizar. Ni siquiera con los niños ricos. Te daré una oportunidad.

—¿Tengo que agradecértelo?

—Haz lo que te dé la gana.

—Tengo una duda. —Bembó fingía rascarse la cabeza con cara de lelo—. ¿Qué es lo que vas a hacer?

—¡Justicia!

—¡Supermán ha decidido posar su reino entre las ruidosas calles de Cimadevilla! —Asím no sabía si reírse o liarse a mamporros con aquel chico cargado de ingenuidad.

—Parecéis dos gallos de pelea. —Bembó sonreía incluso cuando hablaba, como si no le cupieran los dientes en la boca—. Asím debería aprender que ni todos los pobres son buenos, ni todos los ricos unos cerdos, y tú, niño rico, deberías mostrar respeto cuando llegas a un lugar que no es el tuyo. ¡Hacer justicia! —Dio unos pases de lija a la silla—. ¡Y él solito! Este chico debe de ir mucho al cine.

Bembó hablaba arrastrando levemente las palabras, como si fuera buscando en un diccionario invisible cada una de ellas. Su castellano era correcto, pero cuando él lo hablaba sonaba traducido. Tal vez ayudara su voz grave. Debieron de haber sido muy buenas las lecciones de Basilia porque no utilizaba verbos en infinitivo. Antonio pensó que no tener demasiados recursos ayudaba a crecer porque aquellos dos debían de tener su edad, más o menos, pero le hacían sentirse un niño. Un niño casi rico visitando otros reinos con billete de regreso en el bolsillo.

—Si has venido es porque algo te ha convencido —dijo por fin Asím, tal vez para evitar la vergüenza que ya enrojecía el rostro de Antonio.

—Creo que...

—Mejor subimos a mi casa.

—Ate, melo...

Aquella niña rolliza que parecía un pastel de chocolate vivía pendiente de conseguir sus golosinas, ninguna otra cosa merecía su atención.

—Nerelé, un día de éstos me la juego con tu madre, que me tiene muy avisado. No son buenos tantos dulces para los dientes de los niños.

—Nena —dijo señalándose el pecho con el puño izquierdo...

—¡Renacuajo! Malo para los dientes de los niños y de las niñas.

—No te esfuerces, a mi hermana no la baja de la burra ni todo un ejército. Ayúdame a recoger las herramientas.

—¿Arreglas sillas? —preguntó Antonio.

—No, construyo muebles.

—El armario azul de mi casa es obra de Bembó.

—¡Caray! Mi madre hace cerámica. Dicen que es muy buena. Pero no hace cosas útiles.

Y el chico rico no dejaba de sentirse un perfecto inútil. Incluso su madre utilizaba las manos para fabricar objetos, si no útiles, hermosos. Su mejor habilidad consistía en leer novelas de detectives y ganar a su padre en el tablero de ajedrez. No era mucho, le pareció.

Entraron hasta la cocina, corazón de la casa y lugar de reunión para todas las visitas. Asím regaló otras dos onzas de chocolate a Nerelé, que suspiró hondo y se sentó en el suelo a saborear su regalo olvidándose de todos los demás. Los tres chicos se sentaron en torno a la mesa, reluciente y azul.

—Antes de que lo preguntes: todos los muebles de esta casa y de la mía los he hecho yo. Lo difícil es conseguir la madera. Pero tengo buenos contactos.

—Yo diría que peligrosos, pero en este barrio casi todo es peligroso, hasta vivir en una casa —dijo Asím.

—He descubierto dos cosas y aprendido un montón sobre hipotecas.

Antonio quería demostrar su valía aunque no supiera construir muebles como aquéllos. Nadie ofreció nada. El chico rico se dio cuenta de que, en aquella casa, no había nevera. Unos días antes habría preguntado dónde estaba un electrodoméstico tan común para él, ahora, la pregunta, simplemente, no era respetuosa.

—La información sobre las hipotecas, de momento guárdatela. ¿Qué has descubierto?

—El día que a mi tío le dio el soponcio, tenía el teléfono en la mano...

—¿Cómo lo sabes? —preguntó Bembó mirándolo como si esperara que fuera un brujo.

—Porque entré en su despacho y lo encontré con las dos manos ocupadas: en una, el teléfono; en otra, la carta de Basilia. Marqué la tecla de rellamada y tomé nota del número...

—¿Tu tío tiene teléfonos inteligentes como en las películas?

—Hombre, inteligentes no son, y son más corrientes de lo que te imaginas, Bembó.

—Me gustaría verlo.

—Cuando quieras, te llevo al despacho.

Los ojos de Bembó brillaron de pura felicidad. En la mirada de Asím, Antonio leyó una mezcla de odio, rabia y desconfianza.

—Mejor comienzas a fiarte un poco —dijo Antonio mirando al armenio—. Yo he subido a tu casa sin mirar a mi espalda. —Hubo unos segundos de silencio—. Ese número —y al hablar, ahora ya sólo miraba al constructor de muebles— corresponde a las oficinas de El Dorado en Gijón, en realidad a un número que no figura en la guía de teléfonos y que debe de ser línea directa con algún jefe. Tienen la sede en la avenida Carlos Marx.

No añadió ningún comentario por el nombre de la calle. Esperó.

—¿Eso es todo?

—Eso quiere decir que mi tío sabía que esa inmobiliaria

quería comprar la casa en la cual vivía su nodriza. Lo que no sé es por qué llamó justo esa mañana y por qué tenía la carta de Basilia en la otra mano.

—Tal vez porque yo mismo lo llamé al despacho a primera hora para informarle del «accidente» —dijo Asím.

—O sea que lo sabía.

—¿El qué? —preguntó Bembó, que parecía perdido.

—Pues que se la habían cargado.

—¿Crees que llegó a hablar con ellos?

—Tendremos que esperar a que llegue la factura del teléfono. Puedo convencer a Ana para que me deje mirarla, le contaré cualquier milonga, como que tenía una apuesta con mi tío. De momento hay cosas más importantes que averiguar, pero reconoceréis conmigo que si mi tío se enteró de la muerte de Basilia, llamó a la inmobiliaria esa y le dio un soponcio, no tiene nada que ver en el delito, ¿no?

—Tu tío sabía que la inmobiliaria estaba detrás de la casa desde hace tiempo, sabía que su nodriza, como tú la has llamado, no quería irse. Ella le pidió ayuda y él se limitó a ofrecerle una plaza en una residencia de lujo. Lo que sí te admito es que el notario no esperaba que ellos llegasen a tanto y eso debió de asustarlo.

—¿Desde cuándo lo sabía, Asím? —Y casi al mismo tiempo que hacía la pregunta recordaba la fecha de la carta: 2 de febrero.

—No lo sé exactamente. Ni siquiera sabía que Basilia le había enviado una carta, por cierto, ¿la tienes tú? —Antonio asintió—. Guárdala, puede ser una prueba. Llevan tiempo negociando para que nos vayamos, pero desde hace unos meses, les ha entrado prisa. Es como si fueran contra reloj o contra algo...

Tal vez su tío no fuera tan inocente. Es posible que tener aspecto de bueno, de tonto incluso, no fuese una garantía. Hasta su padre conocía los recientes intentos del notario por convencer a Basilia para que abandonara el piso. Entraba en lo posible que la inopia de Ángel Arza Buenaventura resultase poco inocente.

—Y ésa podía ser una baza de mi tío —dijo retomando las palabras de Asím—. Mi padre me contó cómo funcionan las hipotecas. Resumo: la inmobiliaria esa conecta con una entidad bancaria y solicita un préstamo, firman un acuerdo ante notario. Esa hipoteca sirve para luego subrogarla...

—¿Qué cosa? —preguntó Bembó.

—Pasársela a los futuros propietarios, como si fuera una pelota de dinero. Pero esas operaciones tienen plazos y, además, está el pago de intereses... Creo que tendré que averiguar algunas cosas en el despacho de mi tío.

—¿Podrás?

—Tengo algunas virtudes, Asím. No sé hacer muchas cosas con las manos, pero la cabeza me funciona bastante bien. Y no olvides que no soy un desconocido, sino el sobrino del notario. Nadie sospechará de mi interés.

—Pero tampoco te dejarán fisgonear, chico. No me importaría ayudarte, así vería el teléfono.

—Bembó, te sorprendería lo amables que pueden ser las secretarias si las mimas un poco.

Se rieron los tres. Se había roto definitivamente el hielo.

Al menos de momento, el chico rico no estaba bajo sospecha para los otros.

—¡Vaya! Habemos visita.

—Hola, mamá —dijo Asím, levantándose para recoger la pesada bolsa que llevaba la mujer—. Te he dicho mil veces que me llames cuando subas con peso.

—Aún no inútil, hijo. ¿Amigo nuevo?

—Se llama Antonio, acaba de llegar al barrio —mintió el chico—. Disculpa el castellano de mi madre, no se lleva bien con los verbos.

—Y ahora que faltar maestra —suspiró la mujer.

—Basilia nos daba clase a todos. Bueno, a nosotros ya no, decía que no estaba preparada para nosotros, pero siempre buscaba un hueco para que nuestras madres pudieran defenderse mejor.

—Una buena mujer.

Antonio miró a la madre de Asím. Le pareció aún más bonita que durante el funeral. Debía de ser muy joven, tenía los ojos y el pelo negros y relucientes como si los frotara con betún, con todo, lo mejor radicaba en la sonrisa que le ponía rostro de actriz exótica. Y sin los nervios que parecían tan propios de todas las madres conocidas.

—Me llamo Zelka —dijo a la par que extendía una mano en dirección a Antonio.

—Encantado, señora. —Y, sin que supiera muy bien por qué, besó aquella mano que olía vagamente a lejía.

—¡Cuánto encantador tu amigo! —Se ruborizó un poco, luego descubrió en el suelo a Nerelé—. ¿Otra vez estropeando dientes?

La niña sonrió y pareció una fotocopia en diminuto de su hermano. Estaba claro que sabía perfectamente a quién debía pedir chocolate y a quién debía sonreír como si fuera inocente y las manchas de chocolate sobre su rostro llegasen de un planeta desconocido.

—Tengo que irme —dijo Antonio.

—Vamos contigo. Ahora volvemos, mamá.

Bajaron la escalera corriendo, no se dieron cuenta de que la pequeña los seguía apoyando el culo en cada escalón porque no le alcanzaban bien las piernas para la altura de los mismos. No parecía dispuesta a separarse de sus proveedores de golosinas sin intentar evitarlo.

—Mañana iré al despacho de mi tío a primera hora. ¿Cuándo podemos vernos?

—Mejor a las siete de la tarde, aquí mismo. Tengo cosas que hacer y mi madre no llega hasta las ocho y media.

—Por cierto —dijo Bembó—, me gustaría ver algo de lo que hace tu madre.

—Vale.

Antonio miró el reloj y casi se desmaya. Si no llegaba a casa en quince minutos tendría que soportar los famosos nervios de su madre.

—Nos vemos.

Y salió disparado en su bicicleta. No podía dejar de pensar en la sonrisa de Zelka, en la calma que transmitía toda ella. No era cierto, como creía, que todas las madres padecían de nervios cristalinos. Tal vez fuera cosa de mamás ricas. Sonrió ante la idea, ya no le molestaba el apelativo de chico rico. Lo importante era no vivir en la inopia de su tío.

ANA BONITA

Antonio siempre lograba los favores de Ana, Ana bonita le decía a modo de saludo, y a la secretaria se le escapaba una sonrisa, se le ponía blandito el corazón y mentía descaradamente al más encumbrado cliente para que aquel chico viera a su tío sin esperar el tiempo de una firma prevista con antelación. Parecía haberlo adoptado como sobrino y el chico respondía con mimos y aquel «Ana bonita» transformado en un ritual.

Ana no cumpliría los cuarenta en su próximo aniversario, pero se mantenía joven en gustos y preferencias, lo cual se había convertido en su mejor producto de belleza. Todo cuanto sonase a rancio le producía sarpullido, así que andaba alérgica casi siempre, porque en una notaría lo joven no es lo habitual, ni lo correcto. Con Ana, incluso don Ángel Arza Buenaventura hacía una excepción, como si fuera imprescindible para mantener el equilibrio entre tanto mueble adusto, tanta cara seria y tanto papel importante.

—Ana, bonita —dijo Antonio exponiendo su mejor sonrisa con ramito de narcisos amarillos incluido.

—Pero ¡qué chico éste! Luego dirán que los jóvenes sois

unos cafres. Me río yo de ciertos cincuentones. —Enrojeció levemente, como si hubiera dicho algo prohibido, algo en el límite mismo de lo prudente.

—Este lugar sería un tanatorio si no estuvieras tú, Ana bonita.

—Hablando de muertos, ¿cómo está tu tío?

—Estacionado. No te preocupes, saldrá de ésta; como tú dices, es más sólido que el aburrimiento.

Antonio se preguntó si la secretaria tendría conocimiento de la carta de Basilia. Llevaba incluso la agenda de citas personales del notario y ella se encargaba personalmente de mandar rosas a las imposibles novias. Sin embargo, algo le decía que su tío no había enseñado aquella carta. A nadie.

—No hagas bromas. Tu tío es buena persona, aunque logre sacarme de mis casillas casi a diario. Rarillo el hombre, solterón con cara de viudo, pero buena gente.

—¡Con esa propaganda no lo casamos!

—Favor que le hacemos a alguna.

—Hablando de favores, Ana, necesito tu ayuda.

—Ya sabía yo que las flores tenían un precio.

Antonio bajó la cabeza. Conocía el proceso. La secretaria primero se alegraba de verlo, luego temía el chantaje posterior, después el chico ponía cara de chucho apaleado y Ana ya estaba lista para cumplir sus deseos. Se parecía mucho a una partida de ajedrez con su padre: los mismos movimientos y sólo dos finales: tablas o jaque mate del hijo. En el caso de Ana no pasaba de tablas cariñosas.

—Anda, no pongas morritos, truhán, que te tengo muy visto. ¿Qué quieres?

—Que me ayudes para hacer un trabajo que tengo que presentar en septiembre.

—¿Un trabajo en verano? Antonio, cariño, puedo hacerme la tonta, pero te juro que soy bastante lista. Y a mis neuronas aún no les afecta el síndrome de la senilidad.

El chico miró a la conocida secretaria. Se había cortado el pelo y teñido de un color zanahoria total. Sólo ella se atrevía con semejantes cambios. Y aún podía ser peor si decidía teñirse de verde como unos meses atrás. Sin embargo, el naranja casi fluorescente encajaba bien con los ojos azules y con aquella vitalidad que se le escapaba en cada movimiento. Ana no podría engordar jamás: ni siquiera sentada lograba mantener un músculo quieto, sin embargo no resultaba desagradable, ni crispaba los nervios. Formaba parte de ella, como el color de los ojos o la sonrisa.

Decidió, en segundos, que mejor contarle la verdad, o al menos parte de la misma, y ganársela como aliada. Calculaba bastantes posibilidades de contar con ella. Y sería mucho más cómodo.

—Tienes razón, Ana. No tengo ningún trabajo pendiente, lo que tengo es el corazón en un puño y necesito que me ayudes. Lo que te voy a pedir no sé si será muy correcto, pero es por una buena causa...

—No me asustes, Toni.

Cuando lo llamaba Toni la cosa iba viento en popa para el chico; en esos momentos Ana era capaz de jurarle una coartada falsa y ser rea de perjurio. Mejor tirarse de cabeza al asunto. Saltándose los encuentros con Asím y Bembó, Antonio la puso al día de sus sospechas. La secretaria, con pelo de zanahoria, iba abriendo los ojos azules como platos llanos.

—Necesito saber algunas cosas antes de pedir ayuda especializada, porque nadie creerá mis sospechas.

—¡Uff, menudo marrón! Mira, lo que sí tengo claro es que tu tío es incapaz de pringarse en un negocio por dinero. No porque sea mejor que los otros, es que los problemas le causan más pavor que a mí las ratas. ¡Imagínate! Lo que pasa es que es un blando. Prefiere no saber, no enterarse. Si cae una bomba y no lo salpica, no se preocupa por los muertos, vaya. —La mujer guardó un silencio de medio minuto que al chico le pareció una eternidad—. Pero te confieso que los tipos de la inmobiliaria esa no me han gustado nunca. Mucha gomina, mucha sonrisa y mucho cuento, pero huelen a mierda por debajo del perfume. Porque, eso sí, se perfuman como...

—Ana, ¿puedo contar contigo? No sé por dónde empezar.

—Pero yo sí. Y ya me gustaría cazar a esos tipos en algo bien sucio. Aunque tengo la impresión de que uno lo organiza y el resto prefiere no enterarse, como tu tío. Al menos mientras les vaya bien y no se vean cubiertos de porquería. Ven conmigo.

Y Antonio la siguió hasta el despacho de su tío. Antes de entrar, Ana, que era jefa en funciones y se tomaba muy en serio ese papel, pidió que no los molestasen, porque tenían que solucionar un asunto de familia. La autoridad de la señora no la cuestionaba ni el propio notario.

Todo permanecía como si no hubiera pasado nada, como si su tío aún no hubiese llegado y lo estuvieran esperando con todo bien ordenado en su sitio, con el mismo ambientador a rosas capaz de noquear a una serpiente, mezclado con la cera de los muebles. Porque el notario quería los muebles encerados y brillantes. La secretaria se fue directamente al archivo, extrajo una llave de su bolsillo y abrió el segundo cajón. Sabía lo que buscaba, así que, como si sus dedos pudieran ver, salieron directamente con el expediente adecuado y lo colocó, con un leve gesto de asco, sobre la mesa.

—Yo pensé que ahora todo lo teníais metido en el ordenador.

—Tu tío es un antiguo, así que no podemos meter nada en el ordenador hasta que no está concluido, atado y bien atado. Lo que buscamos, aún no tiene las cuerdas puestas. Eso quiere decir que no está en fase de ser conocido por todo el personal y, por tanto, no está en el ordenador. Tu tío no se fía un pelo de los archivos guardados bajo clave en una pantalla, sólo se fía de su archivo con llave. ¡Para que veas!

—Y ¿qué buscamos?

—Los asuntos financieros que conciernen al edificio de la calle Las Cruces.

Después de casi una hora en la cual Ana hojeaba informes, tomaba notas y parecía olvidarse de todo lo que no fuera aquella carpeta llena de papeles, se confirmaron las sospechas de que los dueños de El Dorado tenían prisa por deshacerse de los últimos inquilinos.

—Te resumo, Antonio, que en cuestiones de notarías y de bancos, siguen hablando como si estuvieran en el siglo diecinueve; no me extraña que se vuelvan rarillos con el tiempo. La inmobiliaria El Dorado consiguió un préstamo hipotecario generoso, de noventa millones de euros...

—¡Eso sí es dinero!

—No me interrumpas.

Ana mostraba en esos momentos un aire muy parecido al de su tío cuando se ponía doctoral para explicar cualquier tontería a su sobrino. Pablo Larralde, su cuñado, decía que ponía cara de magistrado romano en éxtasis. Debía de ser cierto que todo acaba pegándose con la convivencia, aunque ésta fuera sólo de despacho. Si Ángel hubiera tenido un perro, el animal acabaría condenado a guardar parecido con el amo, lo cual sería una faena para el posible chucho. Menos mal que no era capaz ni de hacerse responsable de un caniche.

—Continúo. El importe está tan inflado por dos razones: la recalificación urbanística del barrio, que se aprobó en el pleno del ayuntamiento de hace poco más de un año, y un informe de Patrimonio que considera el edificio de interés artístico. Un interés muy interesante para los tipos de El Dorado.

—¿Qué quieren decir las dos cosas, Ana?

—La primera, que el lugar es de los más caros de la ciudad, vamos que cada centímetro se valora a precio de diamante, gracias a todas las mejoras urbanísticas de la zona y a la ubicación dentro de la ciudad, donde ya no hay terreno ni ganándoselo al mar. Ayudó mucho que desapareciera la plaza del Pescado, porque el olor no resultaría muy grato a los nuevos vecinos. Aunque las sardinas parecen haberse vengado, y se han puesto de moda los bares que las venden asadas, justamente en ese barrio.

Sonrió como si el azar o el destino fueran un chiste.

—Me acuerdo de que la gente protestó. A mi padre no le gustaba mucho que desapareciera, decía que estaban dejando sin señas de identidad a la ciudad.

—Pero la están dejando de oro.

Antonio recordó la sentencia de Asím sobre las ciudades bonitas donde estorban los pobres porque no se sabe qué hacer con ellos. Había sido hacía algo más de un año, aunque a él le había parecido una tontería de nostálgicos como su padre, que teme envejecer viendo cómo cambian los lugares conocidos.

—Lo segundo quiere decir que alguien vendió la moto en la Consejería correspondiente para que el edificio fuera considerado «de alto valor artístico».

—A mí no me lo parece. Tiene encanto y no desentona con el barrio, o con lo que fue el barrio, pero de ahí a que sea una obra de arte va un trecho.

—A servidora tampoco. Sobre todo si tenemos en cuenta cómo dejan que se vayan a la porra auténticas joyas patrimoniales. Pero aquí no se trata de cultura, chaval, sino de dinero. Una iglesia no se puede convertir en unos cuantos apartamentos de lujo...

—Y un edificio sí.

—De perogrullo.

—¿Qué más?

—Bueno, ya habían conseguido lo que parecía más difícil: vender la burra como si fuera caballo de raza árabe. Les faltaba algo que no parecía muy difícil: desalojar a los inquilinos.

—¿Y por qué corría tanta prisa?

—Porque el contrato de hipoteca tiene unos plazos: las obras han de comenzar dentro del año siguiente a la firma o se pierde el dinero y, además, hay que pagar una multa al banco. Y aunque no existiese esa cláusula, que se hace sólo en algunos casos, a los futuros «restauradores» no les gustará estar pagando intereses sin poder empezar la obra. No es rentable.

—¿Cuándo la firmaron?

—En diciembre del año pasado.

Guardaron silencio. Quedaban tres inquilinos por expropiar para poder construir los carísimos apartamentos. Se jugaba con mucho dinero, de esas cantidades que ni siquiera se pueden soñar porque desbordan la capacidad de contar. No se pararían en problemas éticos.

—Hay algo más.

—¿Otra bomba, Ana?

—Siempre hay una lista de personas que desean comprar uno de los futuros apartamentos. Personas que tendrán preferencia para acceder a ellos.

—¿Está mi tío?

—No. Ya te dije que tu tío es un rarillo, pero hay que reconocerle que jamás se ha pringado en ninguna operación. Al menos de manera directa.

—¿Por qué los ayuda si pueden hacer tanto daño como el que hicieron?

—Porque a tu tío lo que le pierde es la necesidad de sentirse importante, de que lo saluden como si fuera un senador romano cuando toma un café o va al cine; lo poco que va, porque es un antiguo. —Antonio pensó en lo acertado de la comparación de su padre con un magistrado romano en éxtasis—. Además, para que tu tío se entere de un asesinato, tendrían que poner el cadáver en su despacho, y bien ensangrentado.

—Como le pusieron el de Basilia.

—¡Se me ponen los pelos como escarpias con sólo imaginarlo! Él no sabía nada.

—Lo sabía, Ana. Yo sé que esa misma mañana alguien se lo dijo.

—¿Quién?

—Ahora no puedo decírtelo, sólo porque lo he prometido, Ana. —Le sentaba mal mentir a la querida Ana bonita, pero intuyó prioritario proteger al chico armenio, sobre todo a él—. Cuando todo esto pase, te juro que serás la primera en saberlo. ¿Quiénes están en esa lista?

—Juegas con ventaja, Antonio.

—Te lo ruego.

—Con una condición.

—¿Cuál?

—Te voy a dar el teléfono de un policía amigo mío. Yo le diré que lo llamarás. Se lo cuentas todo y le pides ayuda.

—¿A la policía?

—A mi amigo. Si no, no hay lista.

—¿Es de fiar?

—Lleva cuatro años intentando ligar conmigo. Creo que esta noche lo invitaré a cenar. Los hombres son capaces de hacer cualquier cosa por una chica. —Sonrió como si lo estuviera viendo antes de volver a ponerse seria para añadir—: Si no, no hay trato.

—Vale.

—Lo llamas mañana. Te aseguro que voy a enterarme, Toni.

—Que sí.

—Bien, en la lista está el concejal de urbanismo, un tonto bastante inútil, pero muy bien sentado en su poltronita; Juan Pedro López, conocido como J. P., y un sujeto peligroso: Mauro Mínguez, que, además, es el socio más importante de El Dorado; los otros son comparsas a los que paga beneficios sólo para aparentar una legalidad que está lejos de poseer. Es posible que sea él quien esté realizando el trabajo sucio. Tiene tanta mierda encima que no notará unas cagaditas más. Es peligroso como una serpiente, ha hecho todo tipo de negocios, fútbol incluido, y ahora que tiene el riñón forrado, necesita sentirse vecino de gente guapa y con el expediente limpio. Es una rata de alcantarilla, pero con todo un ejército de matones a su servicio.

—Pareces un personaje de novela, Ana.

—Soy una maleante frustrada. Me hubiera gustado vivir en otro tiempo y ser una espía seductora de hombres...

—No se te resistiría ninguno, ¡seguro!

—No me des coba, niño.

—Ana: no sólo eres guapa, tienes estilo propio.

—¿Verdad? —La secretaria imitó un par de poses de mala de cine, después se arrepintió y volvió a poner cara de funcionaria notarial—. Bueno, menos vaselina. Y llama a mi amigo, Javier Pradera. ¡Ni se te ocurra hacer chistes con el apellido!

—Prometido.

—Ah, y tenme al corriente de lo que pase.

—Ana bonita, eres un sol.

—Y tonta. Si tu tío se entera de esto me despide.

—No puede prescindir de alguien como tú, pero si lo hace podrás ser la espía más peligrosa de la ciudad.

Ana despidió al chico asegurando que la esperaba un montón de trabajo. Antes de devolver al archivo la gruesa carpeta, decidió hacer fotocopias de todos los papeles.

—Nunca se sabe —murmuró pensando que era un desperdicio para la humanidad que no contaran con sus habilidades. Después pensó en el compromiso para cenar con el policía, enamorado sin remedio de sus huesos. Lo peor sería aguantarlo en pose de seductor romántico.

—Lo llevaré con resignación.

En el fondo resultaba halagador contar con un enamorado que no se rendía nunca frente a los desplantes. Y habían sido muchos.

—Nunca hubiera imaginado que Toni se metiera en este asunto. Está claro que no ha salido al tío. ¡Será un seductor con éxito!

Si Ángel Arza Buenaventura estuviera en algún aprieto, nunca contaría con los incondicionales aliados que podía lograr su sobrino. Claro que eso, como muchas otras cosas, las ignoraba olímpicamente desde su atalaya de oportuna inopia. De senador romano, vaya.

Los narcisos la esperaban bien colocados en un diminuto jarrón sobre su mesa. Algún compañero intentó bromear, Ana los cortó en seco. Empezaba a creerse su papel de espía.

PRIMEROS COMBATES

La tarde se hizo muy larga. Había quedado a las siete con Asím y pasaba las horas como una fiera enjaulada. De golpe, todo lo conocido se había transformado; a la realidad le habían puesto delante un espejo deformado. La muerte de una señora que no lograba recordar había servido como pistoletazo de salida para los demonios escondidos en los armarios de la familia. Ese oscuro fondo de culpa que todos guardamos en los rincones, lleno de polvo y olvido hasta ser despertado por un hecho que, en principio, no nos incumbía.

Él vivía dentro de una familia normal, de esas que jamás serían protagonistas de una novela de detectives. O eso creyó siempre. Salió a cansarse con la bicicleta, se dio un chapuzón en la playa, atestada de gente aunque el día estaba gris, rechazó tres invitaciones para irse con la pandilla. Intentó terminar la novela de Hammett regalada por su padre. Con todo, el reloj se movía con lentitud de burla. A las seis y media ya pedaleaba en dirección a calle Las Cruces. No olvidó tomar prestadas dos tabletas pequeñas de chocolate del armario de la cocina.

No había nadie sentado en la escalera del portal. Ni siquiera aquel rollito de pastel chocolatero llamado Nerelé. Se extrañó. Metió la bicicleta en el portal y subió al segundo piso. En la escalera reinaba un silencio espeso que no delataba calma sino malos presagios. Siempre había ruido de voces, risas y peleas. De la casa de los Saturé salía, de modo invariable y tan natural como los olores a guiso, un bullicio capaz de llenar todo el edificio. Sin embargo, ahora reinaba la calma que precede a la tormenta. Por un momento los imaginó desalojados a la fuerza, y que no vivía nadie en aquel edificio declarado patrimonio artístico y en el cual pensaban vivir algunos personajes de la ciudad.

En el primer piso, a través de la puerta abierta, pudo ver a Nerelé, sentada en el suelo y haciendo corro silencioso con otros tres niños poco mayores que ella. No se levantó a solicitar golosinas, Antonio no se atrevió a mostrarle las tabletas de chocolate guardadas para ella. Los niños tienen un raro instinto para las desgracias.

La puerta de la casa de Asím estaba entreabierta y se oía un murmullo. Reconoció los mismos susurros propios de hospitales y velatorios. Un escalofrío recorrió su espalda. Las voces apagadas venían de uno de los dos cuartos. Asomó la cabeza y vio la espalda de una mujer enorme, vestida con una túnica de colores chillones y con un pañuelo rojo en la cabeza. Alguien tumbado en la cama se quejaba débilmente. Una mano fuerte agarró su brazo.

—Mejor salimos, chico rico.

—¿Qué ha pasado, Bembó?

—Algo que esperábamos. Le tocó a la señora Zelka, pero mañana podemos ser cualquier otro el elegido.

—¿Qué le han hecho?

—Le han dado una paliza.

Estaban apoyados en la pared de la escalera. Antonio recordó el nombre de Mauro Mínguez y su ejército de matones. Era fácil hablar de ellos cuando se hacía arropado desde la tranquilidad de un despacho, pero en la calle, la sola mención del nombre se transformaba en una amenaza real. ¿Cuál sería el siguiente paso?

—¿La ha visto un médico?

—Mi madre la está atendiendo. Por desgracia es una experta, ha tenido que atender a muchos familiares y amigos allá en África.

Y aquel «allá en África» sonaba en la boca grande y llena de dientes blanquísimos de Bembó a nostalgia, a rabia contenida, a querencias y odios.

—¿Y la policía?

—¿Para qué? —Sin que se hubieran dado cuenta, Asím se había colado como una sombra entre los dos—. ¿Quieres que se pongan a mirar si nuestros papeles están en regla? Son capaces de encontrar alguna irregularidad para meternos en un avión y devolvernos a nuestro país. Además, encontrarían una buena explicación hablando de reyertas entre inmigrantes, quizá algo pasional...

—La ley es igual para todos.

—Puede que esté escrita de igual manera para todos, chico rico, pero no se aplica del mismo modo. Para eso se han inventado los agravantes y las eximentes.

—¿Has estudiado derecho, Asím?

—Menos cachondeo, chico rico. Para algunos, conocer esa ley tan igualitaria es cuestión de supervivencia. No quiero saber nada con los maderos porque mi madre acabaría siendo culpable en lugar de víctima.

—¿Has oído hablar de Mauro Mínguez?

Antonio decidió adelantarse, demostrar que algo sabía del terreno en que se movían. Asím le miró como si fuera un marciano verde. Aquella pregunta sirvió para ganarse algo del respeto perdido por el simple hecho de no figurar su nombre en la lista de posibles víctimas, aunque lo que de verdad llenaba la cabeza y las venas del armenio era rabia, una rabia sorda, posiblemente heredada de sus antepasados por las muchas persecuciones, por las muchas injusticias, por todas las muertes. Su madre creyó que abandonando las laderas del Cáucaso se libraba de la injusticia, encontró un lugar donde la diferencia también cobraba tributo. Nunca se escapaba del destino aunque se cambiara de paisaje.

—¿Quién te dio ese nombre?

—Sé muchas más cosas que ayer. No basta con cabrearse, con saber que el mundo es injusto, es necesario trabajar con la cabeza, Asím. La información es poder y yo puedo acceder a ella. ¿Has oído hablar del tal fulano?

—Sus matones fueron los que golpearon a mi madre. La agarraron cuando entraba en una de las casas donde trabaja, se la llevaron hasta un descampado y la golpearon sin contemplaciones. Después le dijeron que si no recogía sus trastos y se largaba de la casa, la siguiente paliza me la darían a mí. Y tal vez fuera mortal. Mi madre puede soportarlo todo siempre que no me afecte. Supongo que decidirá irse.

—¿Los vio?

—¿Y qué?

—Pues que puede reconocerlos, dar parte a la policía...

—¡Ya te dije que no quería saber nada de la bofia! Además, imagínate que los reconoce, ¿crees que el tipo ese los tiene contratados y asegurados en nómina? Como mucho cogerían a los matones, los meterían en el trullo unos días y después saldrían con más ganas de revancha. Se lo tomarían como algo personal.

—Entonces, imagino que tendrás un buen plan para enfrentarte a esos tipos. Tal vez un arsenal de armas que yo desconozco. Tal vez decidas irte de esta casa con toda tu rabia, pero haciendo lo que ellos quieren... ¿Tienes un plan de ataque, chico listo?

—Tengo a mi madre llena de golpes.

—¿Y qué harás?

—No pelear, niños tontos, mujer muy enferma, ¿locos están? —dijo la madre de Bembó.

Con la túnica de colores chillones y el pañuelo rojo en la cabeza, los miraba con el ceño fruncido, pero sin perder la dulzura en sus inmensos ojos negros. Antonio no pudo evitar comparar las diferencias con su madre. Después, la mujer habló con Bembó en un lenguaje incomprensible para él.

—Voy a buscar medicinas a casa.

—¿Qué medicinas?

—Tranquilo, Asím, son hierbas para bajar las inflamaciones. Mi madre dice que no es tan grave como parece. También nos pide que no armemos bulla. Bueno, no fue tan suave, pero sirve la traducción.

Bembó bajó la escalera que llevaba a su casa y Asím dejó que su espalda resbalara contra la pared hasta acurrucarse en el suelo y llorar. Antonio se sentó a su lado, pasó su brazo por el hombro de aquel chico obligado a portarse como un adulto, como el padre que le faltaba, pero que en aquellos momentos flojeaba y recobraba al niño escondido. Antonio se sintió muy mal. Peor que nunca.

—Asím, tienes que confiar en mí. No todos somos malos, ni nos volvemos ciegos ante lo que pasa...

Recordó lo que Ana había dicho de su tío. Hasta entonces le había hecho gracia aquel tío solterón, raro y generoso en la compra de novelas. Ahora lo contemplaba desde otro ángulo y, curiosamente, comenzaba a ver en su padre algo para lo que, hasta entonces, había estado ciego.

—Claro que es más cómodo no querer enterarse. Pero yo ya estoy enterado. Haré algo, ¡te lo juro! —prometió Antonio entre dientes respondiendo a sus propios pensamientos.

Nerelé apareció como una sombra en la que sólo brillaba el blanco de sus ojos. Extendió una manita hasta el rostro de Asím, sin decir nada, sin pedir nada, en un gesto de consuelo conmovedor.

El armenio no contestaba, ni al gesto de la niña, ni a las palabras de Antonio. Oyó su nombre en un murmullo. Su madre lo llamaba. Se levantó con la agilidad de un tigre. Antonio lo siguió. La señora Zelka tenía la cara como un mapa de moretones, trataba de sonreír pero el dolor convertía su sonrisa en una mueca. Sólo sus ojos mantenían una extraña serenidad.

—Estoy bien, hijo.

Después, con el chico arrodillado a su cabecera, habló con él en otro idioma desconocido por Antonio. ¡Qué difícil debía de ser tener que abandonarlo todo, incluida la lengua de las primeras palabras, para poder sobrevivir! Algo de la rabia que circulaba por la cabeza y las venas de Asím había sido traspasado a las venas y al cerebro de Antonio.

Llegaron las hierbas y la señora Saturé fue colocando trozos de toalla empapados en cocimientos de las mismas. Parecía más un rito de cariño solidario que una cura médica. La ternura puede ser la mejor medicina.

La noche se iba colando por las ventanas. Las diez y doce. El tiempo lograba camuflarse en dimensiones diferentes, a ritmos diferentes. En su casa habría bronca, pero eso era un problema menor. Antonio se despidió, no le dijo a los chicos que al día siguiente hablaría con un policía, se limitó a darles el número de su casa. Si pasaba algo, lo que fuera, tenían que llamarlo. A cualquier hora.

—Yo estaré siempre al otro lado del teléfono.

Y al decirlo se le hizo un nudo en la garganta.

Sentada en el rellano de la escalera, Nerelé parecía esperar que alguien reparase en su presencia. El resto de sus hermanos tenían la virtud de hacerse invisibles, como si sólo a ella correspondiera el foco de las atenciones. Antonio se acuclilló a su lado, le mostró las dos tabletas pequeñas de chocolate y recibió la sonrisa de la niña como una promesa. No se quedaría en la orilla de los acontecimientos como su tío, no taponaría sus oídos con la cera de la indiferencia ni cerraría los párpados para no ver, para no enterarse.

Si alguno de aquellos inquilinos aparecía muerto por un escape de gas, por un tropezón en la escalera, por una falsa reyerta con desconocidos, él, Antonio Larralde Arza, sería culpable, tal vez tanto como la mano que lo había materializado. Como lo era su tío Ángel por no haber defendido a Basilia, por no querer enterarse de las sombras rondando tras su espalda.

El bullicio nocturno que llenaba las estrechas calles del barrio le pareció una burla, la de todos los seres felices incapaces de prestar oídos al sordo rumor de la desgracia. El olor a sardina asada llenaba la neblina del aire como si recordara otros tiempos de aquellas calles, otras gentes y otros modos, como si no hubiera bando municipal capaz de arrastrar su historia hasta el fondo del olvido.

Decidió que hablaría con su padre. Pablo Larralde sí era un hombre capaz de comprometerse.

INSPECTOR PRADERA

—No tengo yo problemas suficientes para que a mi hijo se le ocurra añadirme otro. ¿Dónde te has metido? ¿Has visto la hora que es? ¿Por qué no tuviste, al menos, el detalle de llamar?

Carmen, Mina para todos, podía seguir haciendo preguntas sin esperar respuesta, como si fueran torpedos de puro desahogo, si su marido no la hubiese tomado por los hombros, con tanto mimo como si fuera de cristal, y le hablase con una voz templada. Mina podía agotar, en minutos, el repertorio del más quisquilloso policía interrogador.

—Mina, de una en una. Lo importante es que Toni está aquí y entero. —Miró a su hijo, que mantenía la cabeza baja, de reo en apuros—. ¿Estás entero, verdad?

—Lo siento.

—¡Y se creerá que basta! Tu tío en el hospital, que no se sabe si algún día recobrará la poca cordura que le queda, y todos pendientes del señorito...

—Créeme, mamá, lo siento.

—Me rindo. No doy para más. A punto de salir a buscarlo por todas las urgencias y el niño se limita a «sentirlo». ¡Con mi padre tenías que haber toreado tú!

—Yo me ocupo, vete a la cama, anda —propuso Pablo intentando evitar una tragedia griega.

—¡Hombres! Todos unos desconsiderados que no ven más allá de su ombligo. Un día voy a presentar mi dimisión irrevocable, me dedico a la cerámica en algún lugar perdido del planeta y allá os apañéis.

Y Carmen, con los nervios más tensados que las púas de un peine, decidió marcharse manteniendo aires de condesa despechada. Siempre amenazaba con retirarse a un paraíso de artistas, pero nadie la creía.

Pablo tomó a su hijo por el brazo y lo condujo hasta el salón. El tablero de ajedrez parecía haber servido para calmar la tensión paterna durante la espera. Antonio se sentía fatal. Tal vez su madre tendía a las escenas con tintes de tragedia, pero debió haber avisado, cuando menos haber telefoneado. Era muy justo ocuparse de los nuevos amigos de la calle Las Cruces, pero injusto olvidarse de los suyos.

Contaría a su padre lo que estaba sucediendo, no le parecía decente ocultarle el follón donde se estaba metiendo. Además, tenía miedo, y no sólo por él sino por aquellas dos familias tan extravagantes, tan diferentes a sus vecinos. La cara de Nerelé brillaba como una acusación de inocencia en mitad del conflicto. Curiosamente, la cara de aquella niña aumentaba sus miedos.

—Supongo que tendrás una explicación.

—Sí, papá, aunque estoy seguro de que preferirías que fuera una simple trastada, un despiste sin más, lo de la tardanza...

—¿Tengo que preocuparme?

—Tienes que ayudarme. Y, sobre todo, confiar en mí, darme un plazo y guardarme el secreto. No quiero que mamá tenga más problemas.

Pablo Larralde miró a su hijo, que le pareció mayor que apenas unas horas antes. Se dijo a sí mismo que las personas no crecen despacito, dando una oportunidad para que los demás se acostumbren a los cambios. A veces, sucedía algo que trastornaba el discurso del tiempo, un acelerón no previsto. Uno podía encanecer en una tarde o convertirse en adulto en unas horas, como si todo su cuerpo y su mente hubieran permanecido agazapados, a la espera del momento o el pretexto para tal cambio.

Algunos médicos sospechaban que ciertos tipos de leucemias se generaban en unos segundos de los que el paciente no guardaba recuerdo, pero en los cuales el sufrimiento había sido tan intenso como para desear la muerte. Cuando la enfermedad cumplía la orden, ya no se recordaba la petición, no se asociaba como una consecuencia lógica. El cuerpo y la mente humana jugaban una partida de ajedrez siempre pendiente cuyo movimiento final enlazaba con el primer paso del primer peón sobre el tablero. Su hijo, de quince años según la partida de nacimiento, parecía haber cumplido diez años más durante las horas en que lo había perdido de vista.

Y ahora le pedía que confiara en él, que le diera un margen y que le guardara un secreto. Hubiera preferido varias palizas en el tablero de ajedrez.

—Se trata de tío Ángel y de Basilia...

Esta vez no se saltó ningún detalle, ni la conversación

con Ana, ni la paliza recibida por Zelka, ni siquiera el retrato de aquella niña como un bombón de chocolate con ojos y bragas amarillas, siempre presente en el edificio del conflicto. Cuando terminó sintió que una gran parte del problema se desvanecía por el simple hecho de hablarlo con su padre. No se había solucionado nada, pero compartía el peso con otro ser humano del que, además, se fiaba. ¡Ojalá Asím llegara a confiar en él del mismo modo!

—Pues ¡sí que estamos en una buena!

—¿Entiendes que no puedo cruzarme de brazos, hacerme el sordo y el ciego?

—También entiendo que es terreno peligroso y que tú eres —calló antes de añadir: «un niño»— demasiado joven e inexperto. ¿Qué te parece si vamos los dos a ver al policía amigo de Ana?

—¿Podrás?

—Llamaré a la oficina para decir que llegaré tarde. Con todo el follón familiar que tenemos encima ni se molestarán en hacer preguntas.

—Gracias, papá.

—Lo que me preocupa es esa gente. No tiene a nadie que los proteja de un nuevo «susto». ¡Jamás habría imaginado que Basilia fuera víctima de un asesinato! Nadie dijo nada del golpe en la nuca.

—Tal vez ni lo vieran, o si lo vieron no quisieron darle importancia.

—Es como si nada de esto pudiera ser cierto.

—Sucede en las novelas. El muerto, al principio, se presenta como una sorpresa, a veces incluso como un accidente casual, algo que podría haberle sucedido a cualquiera. Es el primer juego de espejos de una buena novela, ¿recuerdas?

—Podía haberle pasado a cualquiera, a cualquiera que estuviera en el lugar inapropiado, en el peor momento y estropeando los planes de otros. Pero la vida no es una novela, Toni. Ni tú ni yo somos detectives famosos que lograrán lo que se proponen. Somos dos tipos corrientes. Sólo dos tipos corrientes.

—Si fuera rica no le habría pasado.

—¿Por qué?

—Pues porque no se habría comprado el piso en un barrio que hace años no quería nadie, y si hubiera sido un capricho de rica, ahora podría estar en la famosa lista de espera para acceder a uno de los nuevos apartamentos de lujo y no desentonaría ni con mafiosos, ni con artistas del diseño, ni con concejales...

—No sólo tienes razón, sino muy mala leche, Toni. De todas formas, no seas injusto, ni todos los concejales, ni todos los artistas andan pringados en la porquería; a veces, incluso son víctimas de su propia fama o posición.

—Es posible. Pero también resulta muy fácil mirar para otro lado, no querer enterarse. Como el tío Ángel.

—Creí que era tu tío favorito.

—Claro, porque me compraba novelas, pero ahora no sé qué pensar.

—Las personas nunca son una línea recta, hijo, andamos haciendo curvas. Nadie es enteramente bueno o químicamente puro en la maldad.

—Pues el tal Mauro debe de andar muy cerca de la perfección en esa química.

—Bueno, mejor voy a ver cómo está tu madre. Tienes cena en el horno, y come algo, ya sabes cómo se pone Mina cuando te saltas una comida. Mañana nos vamos temprano a la comisaría. De momento no le diremos nada a mamá, sólo de momento. Procura descansar.

Antonio fue hasta la cocina. Su estómago parecía invadido por una colonia de hormigas metálicas que se revolvieron sólo con ver las verduras y el trozo de pastel de queso reservados para su cena. Probó a mordisquear algo y sintió una arcada, después pensó en tirarlo a la basura para evitar la bronca, pero la carita de Nerelé solicitando chocolate se lo impidió.

Tirado sobre la cama, daba vueltas intentando encontrar el modo de vaciar la cabeza de ideas y miedos para dormir. Imposible. Los pequeños momentos de sueño se convertían en pesadillas en las cuales se veía perseguido por sombras sin rostro, o intentando evitar que Asím cayera por un precipicio al que se aferraba con una sola mano mientras alguien, detrás de ellos se reía... La peor de todas tenía el rostro de Nerelé cubierto por una extraña mezcla de chocolate y sangre. Aquella niña se le había clavado en el corazón como una dolorosa espina. Los niños sufriendo en la pantalla no dolían como Nerelé pidiendo una golosina.

Cuando sonó el despertador saltó de la cama: en el justo momento en que alguien le apuntaba con una pistola mientras su tío miraba la escena y tomaba notas para levantar acta notarial del crimen.

—¡Menuda noche!

Y levantarse fue peor, su cuerpo amaneció tan magullado como si hubiera pasado las horas anteriores viviendo de verdad todo lo soñado. Le dolían las piernas, los brazos, pero el peor dolor era el instalado en la mandíbula. Parecía que se la hubieran amordazado con herrajes de cuero.

—Desayuna el trozo de tarta.

—No pude cenar, papá.

—Ya imagino. Pero tendrás que desayunar. No conozco a ningún detective que funcione con lucidez sin comer, aunque sea un asqueroso perrito caliente con mostaza.

—¿Mamá?

—Duerme. Mejor que no sepa que vamos juntos a ver al policía ese. De momento —repitió como si no le gustase ocultar nada importante a Carmen.

—No consigo imaginarme al policía amigo de Ana.

—Yo tampoco. Sobre todo, no lo dibujo en mi cabeza soportando los desplantes de Ana.

—Ana bonita.

Y se rieron cómplices. Era agradable contar con su padre. Las hormigas metálicas de la noche habían abandonado su estómago, que rugía como un león hambriento. Su padre no necesitó insistir para que el desayuno se convirtiera en un festín pantagruélico.

Fueron andando hasta la comisaría. Lo bueno de las ciudades pequeñas es que todo está a tiro, a un paseo. Lo malo, que todo el mundo controla a todo el mundo.

—Buenas, queríamos ver al señor Pradera.

—¿Quién quiere verlo?

El policía de recepción no debía de haber pasado una buena noche ni haber desayunado con ganas.

—Antonio y Pablo Larralde.

—Veré si ha llegado.

Pero siguió escribiendo algo en un papel sin levantar la vista. Lo de ver si había llegado o no debió de ser pura fórmula porque no realizó ningún intento para comprobarlo. Salvo que en aquel lugar funcionaran con telepatía.

—Oiga, le importaría —dijo Pablo Larralde.

—Oiga, tengo mucho más que hacer. Así que espera su turno. Y sin molestar.

Iba a contestar algo cuando un hombre alto, con alopecia galopante, y mal disimulada por un corrimiento de cabellos laterales en forma de cortina capilar, se acercó al mostrador.

—Buenas, Ibáñez. ¿Algo para mí?

—Buenos días, inspector. —Y milagrosamente levantó la cabeza del papel como si se la hubiera izado un resorte invisible—. Justamente lo están esperando.

—¿Quiénes?

El policía señaló con un bolígrafo barato y mordisqueado en dirección a Pablo y Antonio. El inspector —Ana no había especificado la graduación de su amigo— se acercó hasta ellos. Él sí parecía haber pasado una noche agradable y Antonio dio las gracias sin palabras al encanto de Ana bonita. Pradera se acercó hasta ellos como un potrillo galopando feliz por su apellido. Recordó no hacer bromas con el mismo.

—Los esperaba. Porque me imagino que tú eres Antonio

—dijo poniendo una mano amistosa en el hombro del chico—. Pensé que vendrías solo.

—Me ha contado dónde se ha metido y he decidido hablar con usted —dijo Pablo.

—Bien hecho, bien. Ana me anticipó algo. Mejor vamos a mi despacho, mejor.

Padre e hijo casi sueltan una carcajada. Daba la impresión de que Pradera repetía lo que consideraba palabra clave de su discurso al principio y al final del mismo, como una muletilla imprescindible. Además bizqueaba ligeramente. Ninguno de los dos se lo imaginó consiguiendo ligar a la inquieta, jovial y ahora pelirroja Ana bonita.

Siguieron al policía por unos pasillos no bien iluminados y bastante abandonados a la desidia del tiempo. Las modernidades aún no habían llegado a la comisaría de la ciudad. Entraron en un despacho con dos mesas, dos sillas, dos teléfonos, dos sofás, cuatro sillas para visitas, soplones o acusados y otro policía amodorrado tras una de las mesas.

—Hola, Juancho, ¿desayunaste?

—Pues sí.

—Pues desayuna otra vez, pues.

O estaba de pura broma matutina o aquel tipo haría reír a un muerto a poco que reparase en sus muletillas. El otro policía no debía de tener muchas ganas ni de reírse ni de desayunar, pero los dejó a solas.

—Disculpen, tenemos poco espacio y ninguna intimidad, ninguna. Ana me contó lo del notario y lo de la extraña muerte de Basilia. ¿Cómo sigue el notario?

—Estacionado.

Contestó Pablo con ganas de repetirlo para hacer juego con las coletillas del inspector Pradera.

—Eso es bueno, supongo. Lo que no es tan bueno es el asunto del edificio ese. No es tan bueno.

Y movía la cabeza negativamente para ratificar la maldad del edificio, como si se tratara de un delincuente reincidente. Por entre la cortina de pelo que trataba de cubrir desde la oreja derecha hasta la izquierda, se le escapaban islas de calva blanquecinas. Hubiera lucido mejor a cráneo descubierto, pero hay calvos que no se aceptan nunca sin pelo sobre sus cabezas.

—Pues se ha puesto peor —dijo Antonio.

—¿Peor?

El chico pensó que sólo faltaba, además, repetir las palabras de otros. El tal Pradera podía insistir años, pero Ana bonita no se dejaría convencer nunca por semejante dechado de hombre. Seguro.

—Ayer, unos matones de Mauro Mínguez dieron una paliza a Zelka, una de las inquilinas.

—Supuestos matones a sueldo, supuestamente, de don Mauro Mínguez. No olvides la presunción de inocencia que rige nuestro derecho. No la olvides, muchacho.

—Como quiera, pero la paliza no fue supuesta. Y el golpe que Basilia tenía en la nuca, tampoco fue supuesto, sino mortal.

—¡Toni! —casi gritó Pablo.

—Deje al chico. Son tecnicismos, sólo tecnicismos. Y ¿por qué no se puso la correspondiente denuncia? Nosotros no podemos actuar salvo que tengamos hechos probados o denuncias de los ciudadanos.

—Son inmigrantes.

—¿Ilegales?

—Sólo inmigrantes. Tienen miedo. Suponen que la presunción de inocencia nunca va con ellos.

—Mal hecho. Mal hecho. Y lo del golpe, ¿cómo lo sabes?

—Lo sé.

—¡Qué bien! Bueno, es lógico que no confíes. Pediré el informe de la autopsia.

Como no fuera más espabilado en su trabajo, la ciudad podía prescindir de sus servicios sin notarlo. Los acontecimientos posteriores desmintieron la mala impresión inicial, pero, en esos momentos, Antonio sólo estaba muy arrepentido de haber acudido a contarle nada al inspector con calva disimulada. Supuestamente, supuestos...; resultaba evidente que no estaban sacando nada en claro.

—Imagino que usted —dijo mirando a Pablo— tendrá mucho que hacer. No se preocupe, su hijo está en buenas manos, me lo quedo. No se preocupe. Ana me lo encargó y también me encargó que echase un vistazo a lo que estaba ocurriendo en la calle Las Cruces. Lo de Basilia es un dato nuevo. Nuevo.

—Puedo quedarme —dijo Pablo—. No desconfío de usted —pues su hijo sí desconfiaba—, pero se trata de un chico y ya sabe lo imprudentes que pueden ser.

—Tranquilo, hombre, tranquilo. Anóteme un teléfono donde pueda localizarlo y quédese tranquilo. Su hijo me acompañará, ¿verdad?

—Bueno.

¡Lo que faltaba! Tener que aparecer en aquel portal lleno de niños chillones junto a un policía. Esperaba que Asím no le retirara la confianza y hasta el saludo. Y, sobre todo, que el tal Pradera supiera comportarse. Comportarse.

DEFENSA GITANA

Hablaron poco durante el viaje. El coche no serviría para rodar una de aquellas carreras propias de las nuevas películas y los agresivos detectives americanos; tampoco estaba la ciudad para semejantes demostraciones y ya constituía todo un trabajo esquivar los cien baches por obras de mejora. Pradera iba canturreando algo y parecía bastarse a sí mismo para andar satisfecho. O estaba demasiado feliz para inquietarse o era de natural tranquilo y se preocupaba pocas veces. Con el tiempo, Antonio comprobaría que al inspector muy pocas veces se le descubría el estado de ánimo o se le veía con los estribos perdidos.

No hizo uso ni de la sirena, ni del claxon, soportó primero las obras y luego el ligero atasco del puerto deportivo con total corrección, no forzó ni el acelerador, ni el freno. Condujo como un profesor de autoescuela. Llegaron ante el edificio de la discordia sin ninguna emoción novelesca. El policía tranquilo, como lo comenzó a llamar Antonio para sí mismo, dejó el coche estacionado justo enfrente, justo en lugar prohibido, pero el chico supuso que eso formaba parte de las prebendas del cargo. Las primeras en todo el trayecto.

¿Qué le habría contado Ana bonita? ¿Cómo lo recibirían los inquilinos al borde del desahucio? Ésa era la pregunta que más inquietaba al chico.

Échame una mano, prima,
que viene mi novio a verme
y no sé qué vestío ponerme.

Fiesta y acampada colorista en el portal. Dos gitanos tocaban, uno guitarra, otro una lata vacía; un chico y una chica de su misma edad más o menos cantaban la canción de Niña Pastori ayudando a la percusión y a la guitarra con sus palmas. El chico admiraba, por encima de cualquier otra habilidad, esa de saber hacer música con las manos. Para él, los gitanos eran el equivalente europeo de los grandes maestros de jazz americano. Nerelé, como siempre, lucía en medio de la improvisada juerga y nada más verlo llegar se levantó con cierta dificultad a causa del desequilibrio que le producía su orondo trasero, y fue a su encuentro con gran riesgo de perder la posición erecta a causa de sus kilos de bombón humano.

—Ate, ate...

—Vaya, veo que se te dan bien las chicas, Toni. Ya me contarás cómo lo logras. Lo logras. —A Antonio no le dio tiempo ni a ruborizarse porque el inspector cambió, sin transición, de referencia y ocupación—. ¡Hola, tuerto! ¿Te han contratado?

Pradera se dirigía al gitano que tocaba la guitarra. Era tuerto. Antonio pensó en cierto paralelismo con el ojo bizco del policía tranquilo. Al gitano no pareció molestarle la presencia de un agente de la autoridad. Cuando menos no la del presente.

—¡Hola, jefe! Estemos aquí los primos y el menda en haberes de vigilancia.

—No sabía que te dedicabas ahora a la seguridad pública.

—Privada, jefe, privada. A mí la cosa del unifome, ya sabe usté...

El gitano no parecía demasiado inquieto, lo justo para dejar claro que una cosa era llevarse con educación y otra, muy distinta, hacer buenas migas con el enemigo. O sea, con la policía. Tal vez influía en la calma reinante la certidumbre de no estar saltándose ningún artículo del Código Penal.

—Lo que no imaginaba era que usté anduviere tras esto, jefe.

—¿Detrás de qué, exactamente, tuerto?

—Pos ya sabe, lo de largar a esta gente que no tié parné pa pagarse un arquiler en otro lugar.

—Hay unas leyes. Y son iguales para todos. Iguales. Llevo años intentando que te entre esa idea en tu cabezota. Años, tuerto.

—Yo ya estoy mu mayor, jefe. Y ya sabe usté que no hay gitano mu amigo de los marrones. Con perdón por lo que le toque, jefe.

—Que yo sepa, siempre has contado con mi ayuda.

—Usté es una cepción...

—Excepción.

—Es lo mesmo, pero en fino.

—¿Qué sabes de esto y, sobre todo, qué pintas tú en esto?

—Sé lo que sabe to er mundo, jefe, pos que al Mauro le han entrao ganas de vivir finolis y hacer negosio por lo legal. Por lo del blanqueo, ya sabe. Sé que tengo un primo trabajando pal fulano y que no le gusta un pito lo que hace. El nombre no se lo doy, jefe, porque yo no abucano a un primo. Sé que pué haber una desgracia en cualquier momento.

—Ni se me ocurriría pedirte que delataras a uno de los tuyos, tuerto. —Antonio dedujo que abucanar debía de ser algo parecido a delatar. Una nueva cualidad del amigo de Ana bonita: los idiomas—. ¿Y qué ganas tú con esto?

—Ganar, na, jefe. Es una cosa de familia.

—¿De familia? Si no estoy mal informado, aquí no vive ningún gitano.

—Entovía.

Antonio concentraba toda su atención en entender al gitano. Entre el acento, la mala pronunciación, el deje arrastrado y alguna palabra en caló, necesitaba todos sus sentidos para seguir aquella extraña conversación.

—¿Pensáis hacer de okupas?

—No me largue en fino, que me pierdo, jefe. El Chano, ¿sabe quién le digo?

—Otro primo tuyo.

—Sactamente. Pues quie maridarse con una inquilina de este lugar.

—¿No está muy mayor?

—Se queó viudo, sin hijos... Y se ha encaprichao de una señora que es mu señora...

—¿La señora Zelka? —preguntó Antonio abriendo los ojos como platos.

—¿Quién es el niño, jefe?

—Un amigo, tuerto. Sigue con lo que ibas.

—Pues a la futura parienta de mi familia ayer le dieron una paliza mayúscula. Vamos, que casi la dejan pa una bendición del cura, aunque —y se rascó la cabeza con una uña tan negra como su pelo— no sé yo a qué cura habremos de dar cuenta, porque son ortosos...

—Ortodoxos —rectificó Pradera.

—Lo que sea, jefe, que ya mi entendo. Es el caso que la han molío a palos y aquí estamos tos pa junar que no vuelva a pasar.

—¡Menuda guardia! Voy a ver qué le han hecho a esa señora. Si me dan sus señorías permiso, claro.

—Está usté en su casa de usté, jefe.

Y el gitano tuerto extendió la mano en faena de muleta para abrir paso al inspector. Los demás se limitaban a mirar. Nerelé se había aferrado con fuerza a los pantalones de Antonio convencida de que también esta vez sería recompensada con una chocolatina.

—A mi amigo no le va a gustar nada que haya traído a un poli. No me lo perdonará.

—Mira chaval, a tu amigo habrá que hacerle una limpieza de tarro, una buena limpieza. Lo que cuenta, supongo, es que siga teniendo madre. Lo que cuenta.

Pradera mantenía su muletilla de repetir ciertas palabras clave entre sus frases. A medida que iban subiendo la escalera, aumentaba en el chico la sensación de subir al patíbulo. Un patíbulo en el cual iba a ser juzgado por traidor. Por abucanar, como diría el tuerto. La puerta estaba entreabierta y se oían murmullos en el interior. El policía tranquilo llamó con los nudillos y con una educación impensable en alguien a quien Antonio se imaginaba tirando puertas de una patada, a voces y sin contemplaciones. El cine exageraba. A los pocos segundos, la cara de Asím asomó por el marco de la puerta.

—¿Qué desea? —Primero miró al policía sin demostrar ninguna emoción, después descubrió a Antonio y sus ojos parecieron lanzallamas.

—Quiero ver a tu madre.

—¿Por qué?

—Mira, no tengo ninguna orden de registro. No he venido a registrar, ni a comprobar tus papeles. Sé que le han dado una paliza y vengo a convencerla para que ponga una denuncia y señale a los culpables.

Ni una sola palabra repetida en el discurso. Como si fuera una chuleta policial aprendida de memoria, algo así como los derechos que se leen a los detenidos. Luego siguió la mirada del armenio y dijo:

—No culpes a tu amigo. No ha sido cosa suya.

—No es mi amigo.

Y había desprecio masticado en aquellas cuatro palabras.

—Pues deberías tener muchos como él. Deberías. Y ahora dime, ¿puedo pasar o voy a buscar una orden?

—Puede pasar.

Abrió la puerta para permitir el paso al policía, después dudó si debía dejar entrar al chico rico.

—Quiero saber cómo está tu madre.

—¿Por qué no te metes en tus asuntos?

—Esto —y trató de sacar pecho y no dejarse amilanar por la mirada de Asím— también son mis asuntos.

—No me irás a contar lo del soponcio de tu tío...

—¿Me vas a dejar pasar?

—Entre mi gente se suele tener a gala la hospitalidad. —Antonio ya iba a entrar cuando lo frenó una mano en su pecho—. Siempre que no sean traidores.

—Oye, chico resentido, yo no estoy en ninguna guerra, ni he matado a tu padre, ni formo parte de ningún complot para jorobarte la vida. ¿Se te ha ocurrido pensar que yo también puedo estar arriesgándome? ¿Puedes entender que no hay ninguna segunda intención en mi posible ayuda? Deja de ver enemigos en cada sombra. Podía haberme limitado a cerrar los ojos, o a dar parte a las autoridades y volver a mi casa...

—Pasa, chico rico, no estoy para discursos.

Decidió no darle más vueltas y ver cómo iban las heridas de la señora Zelka. No se hubiera imaginado a sí mismo soltando el discurso anterior de golpe, como si también fuera una lección memorizada. En la habitación estaba la madre de Bembó y reinaba un olor, extraño pero agradable, a hierbas. La señora Saturé parecía una diosa antigua a la cual sólo faltaba un puro encendido en la boca para ser la imagen de una santera negra similar a las de ciertos reportajes de la televisión. La señora Zelka se había incorporado en la cama.

—¿No quiere ir a un hospital? Le aseguro que no tendría ningún problema. Ninguno.

—Estoy bien, señor policía.

—Llámeme Javier. Es el nombre que eligió mi madre.

Curiosamente, aquel calvo mal camuflado tranquilizaba con el tono y el modo de hablar. Nadie en aquella habitación se sentía intimidado. No sólo era un policía tranquilo, sino que tranquilizaba. Estaba claro que algo había visto en él Ana bonita para mantenerlo en estado de calabazas persistentes durante varios años. Tal vez estuviera probando su paciencia, porque si hubiera querido perderlo de vista, lo habría hecho tiempo atrás. Y sin contemplaciones, sin nuevas oportunidades.

—Estoy bien —repetía Zelka.

—No voy a insistir en su salud; además, su vecina debe de saber más de medicina que mi médico de cabecera, porque llevo años con úlcera y lleva años diciéndome que la úlcera está en mi cabeza. La úlcera.

La mujer negra sonrió y su rostro se volvió casi infantil, como una copia del de Bembó. Alguien que, por cierto, faltaba en la escena fabricando alguno de sus muebles.

—Pero, insisto en algo más grave, ¿por qué no lo denuncia? —La mujer herida hizo un gesto entre displicente y triste—. Puede que no tenga las mejores referencias de nuestro sistema, pero le aseguro que funciona. Se lo aseguro. Bueno, piénselo, pero antes ayúdeme para poder ayudarla. He traído unas fotos. Dígame si reconoce en ellas a alguno de los matones.

El inspector Pradera sacó del bolsillo de su americana de verano un pequeño manojo de fotos, no llegaba a la media docena, que Antonio no recordaba haberle visto guardar. Tal vez estuviese preparado desde antes, o tal vez se trataba de un buen malabarista. Las colocó con cuidado sobre la cama, con los rostros dirigidos a la enferma, que no dijo nada. Tan sólo un estremecimiento, una pura reacción física de miedo, ante una de las fotos.

—Está bien. Piénselo con calma. Les dejo mi número directo del despacho. —Pradera hizo como si no se hubiera dado cuenta del reconocimiento—. Llamen cuando quieran. Antonio podrá localizarme si hay algo urgente y no estoy de servicio.

—Gracias, señor —dijo Zelka con la voz débil y los ojos a punto de lágrimas.

—¿Te llamas Asím, no? —preguntó Pradera mirando al chico.

—Sí —contestó lacónico y sin demasiadas ganas.

—Un consejo: no trates de hacerte el héroe si las cosas se ponen feas. El héroe. Los primos que están en el portal pueden ser una ayuda, pero si las cosas se ponen demasiado mal, tan sólo conseguiréis que todos corráis peligro. Y no es una broma.

Zelka murmuró algo que no lograron entender, con ribetes de rezo, de súplica, de miedo antiguo y que llegaba desde algún lugar remoto de otra geografía. El pánico circula sin contenciones. Como los huracanes.

—Tranquila, mamá —dijo Asím mirando al policía como si fuera una garrapata.

—Ven conmigo, chico —dijo el policía llevándose a Antonio sin tiempo para despedidas.

—Ate —solicitó Nerelé ocupada a tiempo completo en conseguir golosinas.

—Volveré más tarde y te traeré unas cuantas chocolatinas, ¿vale?

Y la niña afirmó con su cabecita negra. Antonio salió después de despedirse de las dos mujeres. En cuanto a Asím, se limitó a un «nos vemos» sin esperar respuesta. No sabía si sentirse orgulloso por la importancia que le había dado el policía con eso de que él sabría localizarlo en cualquier momento, aunque no se imaginaba cómo, o sentirse fatal por ir amparado tras el uniforme invisible de aquel pretendiente de Ana bonita.

—¿Por qué intentó asustar a Asím?

—Para que reaccione. Esto no es un juego para niños. No es un juego.

Tal vez fuera mejor asustarlo para evitar un error fatal. Lo cierto es que el discurso de Pradera había logrado también ponerle los pelos almidonados a Antonio.

—¡Hasta luego, tuerto! ¡Cuida bien la casa! Si necesitas algo, ya sabes. Si necesitas.

—Gracias, jefe.

En aquel momento doblaba la esquina Bembó, con su andar de baile permanente y su sonrisa imborrable en la cara.

—¡Hola, chico rico!

—Hola, Bembó. Luego vuelvo y hablamos.

—No sabía que fueras rico, chaval —dijo Pradera.

—Eso de la riqueza debe de ser según el ángulo con que se mire.

—Ana tenía razón: eres un filósofo.

—No sabía que Ana me consideraba tal cosa.

—No imaginas lo que te aprecia. No imaginas.

Subieron al coche. Frente al portal, el grupo de músicos continuó cantando a Niña Pastori como si sólo hubieran hecho un descanso. Bembó se añadió al batir de palmas como si llevara el ritmo grabado en sus venas y no necesitara aprenderlo. A través de los geranios de la ventana, Antonio vio la cara de Asím.

EL RANA

—Primero, si me tienes que localizar, Ana sabe mi número...

Antonio no tuvo tiempo para reaccionar. Pradera comenzó a hablar como si diera órdenes antes de poner el coche en marcha. Estaba claro que el intermediario para localizarlo no era él, sino la secretaria de su tío Ángel. «Bueno —pensó el chico—, cada uno intenta ligar como puede.» Ni se le ocurrió la idea de tener anotado en su agenda el número privado del inspector.

—No te preocupes por Asím. Se le pasará el cabreo. No te preocupes. Es el síndrome del inmigrante: cree que cualquier nacional está bajo sospecha, pero luego se fía del primer inmigrante con que tropieza aunque sea un convicto o un psicópata. Un psicópata. Yo lo entiendo. Debe andar ligado a la solidaridad en la desgracia.

—Parece que la señora Zelka ha reconocido a uno de los tipos. ¿Cómo sabía que el matón estaría entre cuatro fotografías?

—Chico listo. —Antonio pensó que llevaba días siendo chico algo: chico rico, chico listo. Sólo le faltaba ser chico muerto—. Ya veo que tu afición por la novela negra y el enigma da sus frutos. Tendré que leer más. Ana me contó tu afición. Ana. Así que, te haré un favor para que llegues a ser un buen escritor de esas novelas algún día: te llevaré de ayudante. Imagino que no querrás ser policía.

—¿De qué?

—Bueno, de observador. Observador. La realidad, a veces, se parece a las novelas. Se parece. Incluso las supera y resulta más increíble. Increíble.

Antonio trató de no ponerse nervioso con la muletilla de Pradera. Cuanto más relajado se mostraba más la utilizaba, al contrario de los tartamudos conocidos, que eran más tartajas cuanto más nerviosos. Con todo, no resultaba nada fácil descubrir el estado de ánimo de aquel enamorado condenado a continuas calabazas. Antonio tenía la impresión de que sus verdaderos sentimientos nunca se ponían a la vista. Excepto con Ana bonita.

—¿A quién identificó?

—Al Rana. ¡Todo un personaje! Y no llevé muchas fotos porque a la banda de Mauro la tenemos fichada...

—¿Y por qué no la enchironan?

—Pruebas. ¿Sabes lo que son? Pues necesitamos pruebas. Las pruebas son la base de cualquier acción policial con éxito. Con éxito. Si nos guiáramos por las sospechas, o por lo que logramos saber con una información de aquí y otra de allá, tendríamos a media ciudad en chirona. Nos vendría muy bien la denuncia de la señora Zelka.

—Total, meterían a unos en la cárcel, pero el gran jefe seguiría suelto y contrataría a otros. No se acaba con los huevos si no se mata a la gallina.

—¡Muy bueno eso, chaval!

—A mí me parece todo una mierda. Es más fácil en las novelas, basta con identificar al culpable.

—A veces, este trabajo es una porquería. Una porquería. Pero esta vez, puede que se nos ocurra algo que obligue a M. M., o sea, Mauro Mínguez, a dar la cara y mojarse el culo. Necesita un poco de presión. La vida, chaval, suele empezar donde terminan las novelas y las películas. Suele.

Tenía su gracia el policía. Parecía controlar bien el lenguaje de la calle, no llegaba a utilizarlo totalmente, pero se defendía bien. Y el caló debía de guardar pocos secretos para el calvo mal disimulado, aún resonaba en su cabeza aquello de abucanar. Se le notaba el esfuerzo por no hablar como sus clientes, cosa nada fácil si te pasas el día rodeado de personas que hablan de una determinada manera. Su tío Ángel parecía llevar incorporada siempre la notaría y su jerga oscurantista. Le caía bien aquel inspector, aunque seguía sin imaginárselo cenando a la luz de las velas con Ana bonita.

—¿Quién es el Rana?

—Con un poco de suerte tal vez lo conozcas en breve. En breve. Fue boxeador. Hace años. Un pobre hombre que llegó a Gijón con trece años desde una aldea perdida y cayó en las redes de las mafias del boxeo. Sirvió para alguna temporada, para que otros ganaran en las apuestas por los golpes que recibía como un mártir en todo su cuerpo. Un mártir. Lo retiró una paliza que casi lo deja inválido.

No había ira en la descripción de aquel hombre con apodo de batracio, más bien destilaba lástima por el infeliz que había sido utilizado por otros. Antonio pensó que ser policía debía de ser complicado si te llegaban a dar lástima los delincuentes o si, simplemente, los veías como víctimas de otros.

—Tiene dos neuronas vivas y ni siquiera ésas funcionan con cierta normalidad. Dos neuronas. Lo llaman Rana por la pinta. Ya verás. Aunque deberían llamarlo perro, porque es el más fiel y obediente de los matones de M. M. Perro le iría mejor.

Antonio pensó en su padre. ¿Lo hubiera dejado en manos de aquel inspector si supiera adónde lo llevaba? Por suerte, los adultos son imprevisibles. ¿Qué le habría contado Ana bonita de sus aficiones? De momento cambiaban de paisaje urbanístico. Quince minutos de trayecto, tras sortear el centro de la ciudad en obras, sin conducciones temerarias, sin pisar a fondo el acelerador, y aquélla no era la ciudad conocida.

—¿Has estado alguna vez en el Coto?

—Jamás. Sólo sé que antes había una cárcel.

—Ya imagino que no es un barrio muy apropiado para el chico rico del que hablan tus amigos. Tus amigos.

—No creo que me consideren su amigo.

—Dales tiempo.

Y subían empinadas calles flanqueadas por edificios construidos como cajas de cerillas hormigonadas y con fachadas impersonales de esas que no llegarían nunca a formar parte del patrimonio artístico de la ciudad. Tan sólo algunas plantas en las ventanas daban alegría a los bloques de cemento. Aquél era un barrio surgido en torno a una cárcel y se le habían incrustado las sombras.

—Supongo que este barrio no será tan deseado por la «gente guapa». Nadie quiere vivir cerca de una cárcel.

—Ni de un centro de rehabilitación para toxicómanos, ni de un manicomio...

—Ya.

—Este barrio no tiene puerto, no es hermoso. Las ciudades dividen bien sus intereses... Y no está permanentemente en obras como el centro, que parece Corea en tiempos de guerra. Corea. —El chico recordó que el inspector sólo había perdido brevemente los nervios ante las últimas obras en las plazas más céntricas de la ciudad—. No, aquí, como mucho, hay averías en las cañerías. Averías. Los arreglos quedan para el centro, ya sabes, por la cosa de la postal para el turismo. Ya no hay cárcel, la han convertido en una biblioteca, pero no se van los olores tan fácilmente. Fácilmente.

—¿Fantasmas?

—Puedes llamarlo así. Pero hasta los fantasmas consiguen contaminar a los nuevos vecinos.

—Ya, y a cada uno le corresponde un lugar. ¿El Rana vive aquí?

—Aquí hay un viejo gimnasio donde pasa la mayor parte del tiempo. Un gimnasio. Siempre que no tenga un encarguito de su jefe. Dormir no sé si duerme, es posible que pernocte en alguna pensión barata de la ciudad. Nunca supo vivir bien. Nunca. Aunque tuviera dinero, este infeliz no sabría utilizarlo en beneficio propio. Pero en el gimnasio lo encontramos. Lo encontramos.

Cuatro calles después, Pradera aparcó el coche en zona restringida para carga y descarga. Tal vez coincidiera su misión con alguna descarga de adrenalina. Un portalón de garaje pintado en rojo y que anunciaba clases en artes marciales era el lugar de destino.

«Gimnasio TEO. Boxeo y artes marciales. Se dan diplomas.»

En realidad se leía *ate arciles*. Las letras que faltaban estaban borradas y guardaban su lugar como reliquias de despintados antiguos. El portalón escondía una entrada de puerta disimulada y un timbre negro. El policía pulsó con el dedo índice sobre el timbre y no lo levantó hasta que apareció un tipo gordo, con camiseta mugrienta y malas pulgas.

—¿Quién...? —Cambió el gesto nada más ver al policía—. ¡Hombre, maestro, cuánto honor!

—Lo dudo. Supongo que podemos pasar.

—Claro, claro. Le aseguro que no tengo nada que ocultar, maestro.

Antonio se preguntaba si Pradera sería maestro en alguna de las artes marciales. Se ofrecía como una caja de sorpresas permanente y no sería raro descubrir entre sus títulos un cinturón negro de karate. Un olor a linimento y sudor rancio les dio la bienvenida. Malvivían dos focos de luz: uno sobre un ring, donde dos tipos en calzón corto se daban mamporros mientras otro hombre gordo y con una camiseta del mismo tipo de la del portero, voceaba consignas ininteligibles mientras mordía un puro como si fuera de chicle; en la esquina opuesta, otro foco iluminaba un tatami sobre el cual un grupo de hombres vestidos como japoneses en faena miraban los ejercicios de otro vestido de negro.

No se respiraba bien en el lugar, ventilado en exclusiva por dos ventanucos a ras de acera. Tampoco se veía bien, la escasa luz natural penetraba tamizada por la suciedad de los cristales, y la artificial se limitaba a dos puntos de estricta referencia. El resto nadaba en sombras de las cuales, pensaba Antonio, podía salir una banda armada en cualquier minuto.

Pradera parecía encontrarse en territorio conocido. No le molestaba ni la falta de higiene del lugar, ni los olores, ni siquiera las caras de pocos amigos con que fueron recibidos. Tampoco parecía temer un ataque por sorpresa desde los rincones en penumbra.

—¿Dónde está el Rana? —preguntó al tipo de la camiseta que les había abierto la puerta.

—Aquí —contestó un individuo al que realmente le sentaba bien el apodo—. ¿Algún poblema?

—Deberías aprender a utilizar las erres, Rana. Sobre todo porque tu nombre lleva una.

El tipo con problemas de dicción vestía un calzón corto de boxeador, medía no más de metro cuarenta, aunque el arco que dibujan sus piernas le restaba, como mínimo, diez posibles centímetros de altura. Los brazos le llegaban casi hasta las rodillas, el abdomen era una gran bola de sebo que le obligaba a caminar encorvado. La cara plana, redonda, parecía fabricada con puros desechos genéticos, como si no hubieran encontrado los complementos en el mismo saldo: la nariz en forma de pimiento rojo, achatada y con granulencias similares a la viruela; los ojos, apenas dos rendijas saltonas a través de las cuales resultaba imposible averiguar el color del iris; la boca partida por una cicatriz que dejaba al descubierto parte de una dentadura amarillenta, y las orejas —mejor decir oreja y media porque la izquierda lucía amputación por mordisco— semejaban dos repollos volanderos. «Un ejemplar para película de terror», pensó Antonio. Y sin necesitar maquillaje de efectos especiales.

—¿Algún poblema? —repitió aquel dechado de belleza encarándose al policía.

—Un día me vas a encontrar las vueltas, Rana. Un día. Y te voy a bajar los humos de golpe. Sí, tienes un «poblema»: la paliza que diste a una señora.

—Eso de señora...

Pradera se había acercado al matón y había colocado el dedo índice sobre su estómago como si fuera el cañón de una pistola. Lo superaba en casi treinta centímetros y el boxeador noqueado perdió, de golpe, los aires de matón seguro. Comenzó a correr sudor por la macerada cara y, si no fuera por el amplio arco que dibujaban sus piernas, Antonio juraría que le temblaban compulsivamente.

—Tú aún no me has entendido, Rana. Si yo digo que es una señora, es una señora, ¿vale?

—Vale, ¿y qué?

—La señora te ha reconocido. Reconocido, Rana. Si vuelve a tener el más leve accidente, aunque sea casual, aunque se trate de un tropezón en la acera con el carrito de la compra, te enchirono para unos cuantos años. ¿Está claro, Rana? ¿Claro?

—Yo no...

—Tú, mejor le vas con el cuento a tu jefe de que se acabaron las tonterías y los «avisos». Te vigilo, Rana. Te vigilo. Y a tu jefe también.

Pradera se limpió la mano con un pañuelo que sacó del

bolsillo del pantalón, como si el simple roce con la camiseta del batracio humano se la hubiera ensuciado. Lo hizo de manera lenta, logrando que su sola presencia, después de lo dicho, aumentara la amenaza. Después giró sobre sus talones, dio tres pasos y volvió para encararse al matón.

—Cuida tu sombra, Rana. Cuídala. Tu jefe no dará un duro por tus huesos si te pillamos. No lo olvides. Eres carne de basurero. De basurero. Procura que ningún inquilino de ese edificio reciba un rasguño. Ni uno.

En el gimnasio todo se había quedado en silencio. Todos estaban quietos y tensos observando la escena. Ninguno hizo el más leve ademán de salir en defensa del Rana. Tampoco aparecieron guerreros ninja de entre las sombras. Estaba claro que Pradera conocía bien el oficio de intimidar. Posiblemente, muchos de aquéllos tuvieran alguna cuenta pendiente con la justicia y prefirieran no hacerse notar.

Cuando salieron del garaje acondicionado para gimnasio mugriento al que ninguna inspección sanitaria seria daría autorización, Antonio necesitó respirar hondo varias veces. El aire contaminado de la calle le parecía purísimo después de haber respirado aquella mezcla de sudor, linimento, miedo y polvo del Gimnasio Teo.

—¿Cree que le hará caso?

—Creo que irá a contárselo a su jefe y pronto sabremos qué nueva estrategia se le ocurre. Pronto. Necesitamos que M. M. pierda los nervios.

—Por eso ha venido a dar un susto al Rana.

—¡Pobre desgraciado! Un pringadillo, el Rana; pero sí, se habrá puesto nervioso y como no le funciona una triste neurona, irá a dar parte al jefe, como si fuera Dios. Dará parte y sentirá que se acabó el «poblema», que ha dado esquinazo a los maderos y se ha librado del marrón.

—¿No habrá puesto en mayor peligro a los inquilinos de Las Cruces?

—Mira, Toni, esa gente tiene su trasero sobre un volcán. El volcán ya estaba antes de que tú y yo llegáramos. El volcán. Lo más que se puede hacer es evitar que el estallido sea mortal. Además, el fuego se combate con fuego. Con fuego.

—Me parece mucho fuego, inspector.

Estuvo a punto de repetir, fuego, luego le pareció injusto. Pradera podía tener varios kilos de defectos, pero se estaba portando en aquel caso como si fuera algo personal, al menos hacía lo que le parecía más eficaz. Y tal vez lo fuera. Se estaba ganando su respeto por encima de sus pésimos arreglos capilares y sus muletillas de repetición. La ciudad, su ciudad de toda la vida, se mostraba ante el chico como un desconocido laberinto.

—El Coto. Ni siquiera sabía en qué parte de la ciudad quedaba. Así que éste es el barrio de los delincuentes.

—Menos prejuicios, chaval. Aquí vive un montón de gente buena y honrada que trata de que sus hijos tengan una vida mejor que la suya. Mejor. —El policía se quedó mirando hacia un lugar invisible del horizonte cubierto de edificios—. Yo nací en este barrio. En éste. Y cuando había cárcel en lugar de bibliotecas. Bibliotecas.

Y subió al coche como si hubiera realizado una dolorosa confesión.

Antonio sintió algo parecido a la culpa rondándole el estómago. Los malos no eran necesariamente gente sucia, fea o con halitosis, podían ser gente limpia, de camisa y traje con marca, con carné de buenos ciudadanos, como aquel Mauro Mínguez, oficialmente empresario de éxito, o como el concejal de urbanismo que aparecía milagrosamente instalado en una lista de espera para comprarse un piso de lujo en una zona recién recalificada desde su concejalía. Pradera era un hijo de aquel barrio sin renegar de sus orígenes. Y no tenía nada de delincuente.

Cuando llegó a su casa, después de comer, después de cumplir como un hijo casi modélico con su madre, Antonio abrió la libreta, regalo de su padre, que le serviría para intentar escribir su primera novela. Contaría aquella historia y tenía claro el título: *La banda de los asesinos limpios*.

UNA LLAMADA

—Diga.

—Hola, J. P. Soy yo. —Y quien hacía la llamada suponía, con razón, que el pronombre era suficiente seña de identidad—. Tenemos que hablar.

—Es mejor que no nos vean juntos. No están las cosas...

—Ya. No tengo ningún interés en ver tu carita asustada señor concejal. Pero sí lo tengo en avisarte para que te pongas en movimiento. No creerás que puedes abandonar el barco como una rata asustada, ¿verdad?

—Mire —Juan Pedro López sudaba y notaba cómo le resbalaba el auricular de la mano—, he cumplido con mi parte en este negocio.

—¡Que te lo crees tú!

—Oiga, a mí no me meta en más líos.

—Pero, si puedes, sigues metiendo mano en la bolsa, ¿verdad, guaperas? No me hagas perder la educación, señorito de mierda, de mí no ha nacido quien pueda reírse.

—Le recuerdo que fui yo quien hizo lo imposible para conseguir la recalificación del suelo...

—¡No tan imposible, no te pongas medallas!

—Quien consiguió que el edificio se declarara de interés patrimonial. —El concejal parecía dispuesto a soltar sus méritos como si fueran una lección bien aprendida—. Y quien consiguió que dos de los vecinos vendieran su piso. Y sin problemas.

—Pues no basta, J. P.

—Pues arréglelo usted. Yo he cumplido, con creces, mi parte. Si tengo una intervención más, el alcalde, que no es tonto, acabará sospechando.

—Nos lo compramos.

—¿A él? No está tan fácil. Si lo fuera no hubieran tratado de convencerme a mí. No soy tan iluso.

Procuraba no mencionar el nombre de su interlocutor. Desde hacía semanas, vivía con el síndrome de saberse espiado, bajo sospecha y vigilancia. Lo malo es que podía estar siendo vigilado a varias bandas: por sus compinches en un negocio del que ya renegaba, y por el alcalde que lo miraba como si tuviera una mancha de café en la camisa. Incluso por la policía. Estaba claro que los negocios turbios no se habían inventado para él.

—Mira J. P., he invertido mucho dinero y muchos esfuerzos en esto y no pienso dejar el trabajo a medias. No es mi costumbre. ¡No me sale de las narices, vaya!

—Haga las cosas según su estilo. Si no me equivoco ya se «libró» de uno de los inquilinos.

—No hables como si no estuvieras metido en esto hasta el cuello, muchacho. ¿Crees que la riqueza se hace sin mancharse las manos? ¿Preguntaste hace meses cómo desalojaríamos a los inquilinos molestos? Entonces te bastaba con sentirte importante y con soñarte como no serás jamás. Sería suficiente con que la prensa viera quiénes están en la lista de espera para adquirir una de esas viviendas...

—Eso es un documento notarial y secreto.

—Pero al señor notario le ha dado un pasmo. Y ya sabes, se revisan papeles, se traspapelan... y llegan a los lugares más insospechados. Siempre hay una mano inocente, dispuesta para hacer justicia con la mejor voluntad del mundo. Y claro, la prensa está llena de buitres carroñeros con muchas ganas de hincar el diente a los políticos. Los políticos son muy vulnerables en una democracia.

—También saldría su nombre. —Era incapaz de utilizar el viejo tuteo.

—Pero yo no dependo de la opinión pública ni de los votos, ni tengo que parecer santo aunque sea un demonio.

—No puedo hacer nada. Créame.

Juan Pedro López nadaba ya en su propio sudor. Si pudiera volver el tiempo atrás y retomar el día en que lo convencieron para que entrara en un negocio vendido como una ganga —«pan comido y un beneficio social, chico, se te recordará como un benefactor de la ciudad»—, se habría comprado un billete para cualquier isla perdida. Ahora quería justificarse poniendo por delante las buenas intenciones que lo llevaron a embarcarse en aquel asunto. Trataba de venderse a sí mismo un discurso exculpatorio. Imposible; en el fondo sabía que había sido su ambición, sus ganas de olvidar sus orígenes humildes y sacar el mayor provecho al cargo quienes lo empujaron. Ni él mismo podía precisar el día en que comenzó a cambiar hasta no reconocerse en el espejo de todas las mañanas.

Al principio, todo era trabajo limpio: mejorar la ciudad, lograr que los viejos solitarios y sin familia que vivían abandonados a su suerte acabaran en un lugar decente sus últimos días... Lo malo vino después, el día que conoció el «accidente» de aquella señora, Basilia, muerta por un descuido con la bombona del gas. Fue entonces cuando se dio cuenta cabal de dónde había metido sus narices. Una señora de la que no sabía nada, sin rostro definido que ponerle, había sido la luz roja. Y ahora, aquel empresario sin escrúpulos cuyos orígenes resultaban más oscuros que el sobaco de un murciélago, le recordaba la imposibilidad de abandonar el barco.

—Vas a tener que poner a trabajar tus neuronas. Queda una vieja en la buhardilla y un par de familias piojosas de las que librarse. Mis muchachos no pueden intervenir porque hay un poli metiendo las narices. —El concejal ya se veía esposado y dentro de un coche patrulla—. Un poli al que no me gusta tener cerca, parece tonto, pero es demasiado listo. Y tampoco está en venta. Así que ya estás moviendo tu preciado culo, J. P. Se nos acaba el tiempo.

La comunicación se cortó en ese punto. El auricular acabó resbalando de las manos húmedas del concejal de urbanismo. Fue necesario todo un paquete de pañuelos de papel para que Juan Pedro López pudiera volver a utilizar las manos sin que los objetos resbalaran de las mismas.

Debió servirse de aquella conversación como el punto de retorno. Si no hubiera tenido tanto miedo y tan poco cerebro, aquel chico al que costó varios años terminar lo que entonces era Bachillerato Elemental, habría llamado al alcalde, lo habría informado de las intenciones de Mauro Mínguez y tal vez hubieran estado a tiempo de pararlo todo. Aún no había hecho nada considerado como un delito. Una recalificación que casi nadie cuestionó; una cena para convencer al colega de la consejería de los beneficios que supondría para la ciudad recomponer un barrio que se desmoronaba; dos compras «legales»... Nada que sirviera como prueba contundente.

El pánico le hizo verse como un condenado a muerte cuya única salida pasa por dar pasos al frente. Aunque delante sólo cuente con un precipicio.

—Manoli, ponme con la jefa de Servicios Sociales.

—Ahora mismo.

UN FAVOR A LA FUERZA

Antonio recordaba su promesa de llevar una chocolatina a Nerelé aquella tarde; también la de hablar con Bembó, pero no encontró fuerzas para abandonar su cuarto. Su madre le propuso ir a visitar al tío Ángel; pretextó un dolor de cabeza que no era del todo falso. Lo cierto es que tenía dentro de la misma una maraña de miedos, culpas y novedades peleándose y sin encontrar acomodo. Su cabeza era un almacén en el cual habían descargado varios camiones de muebles nuevos que se amontonaban sin orden ni concierto.

Por otra parte, Antonio se negaba a ver dormir plácidamente a quien podía haber evitado, en gran medida, que aquel número 13 de la calle Las Cruces estuviese siendo vigilado por una banda de buitres. De «asesinos limpios». Si tuviera que novelar lo que estaba ocurriendo, ¿en qué lugar del tablero tendría que colocar al notario?

—¿No estarás enfermo? —preguntó Mina con voz de madre ansiosa.

—No, mamá, sólo me duele un poco la cabeza...

—Claro, todo el día en la calle y otro día bajo la lluvia... ¿Tendrás fiebre?

—En realidad es que no me apetece salir. Lo siento por tío Ángel, pero como tampoco se entera de nada.

—¡Cuánta insensibilidad!

El chico pensó que su madre podía destinar un poco de la suya para desplegarla sobre personas como la señora Zelka. Su madre no era mala gente, tan sólo era alguien que vivía con orejeras, más pendiente de un posible resfriado de su hijo que de un aviso de nueva guerra en Europa. Se parecía más a su hermano de lo que ella misma creía, pero resulta más fácil ver la paja en el ojo ajeno que una viga en el propio. Menos mal que decidió dejarlo solo. Tampoco pudo hablar con su padre, apenas un informe telegráfico de la visita al gimnasio mientras su madre se arreglaba, porque él sí acompañaría a Mina para que no suspirase sola frente al sueño casi angelical, muy apropiado para su nombre, del notario.

—Sé que es una maldad, papá, pero juraría que tío Ángel se provocó el coágulo ese para no enterarse de nada. Despertará, tan fresco e inocente como un bebé, cuando todo haya pasado.

—¡Te estás pasando, Toni!

—No lo tengo tan claro. Estoy empezando a creer que los peores asesinos son los mejores ciudadanos, los que pagan las cuotas de los clubes elegantes, los que tienen tratos con notarios...

—Alguno lo será, pero extender la idea a toda la población son prejuicios tan graves como los de aquellos que ven en cada inmigrante a un delincuente. Algún día descubrirás que son más numerosos los buenos, lo que pasa es que se les nota menos.

—Tienes razón.

—Nos vamos, Toni. No hagas ninguna trastada —avisó Mina, que se llevó a Pablo del brazo y terminó con el inicio de conversación.

Antonio estaba enfadado. Su padre tenía razón, la misma que había tenido el inspector Pradera cuando defendió a las gentes honradas del Coto. Hay malos y buenos en todas partes. Incluso resultaba cierto que nadie era totalmente bueno ni definitivamente malo. Lo que sí comenzaba a barruntar era un mal funcionamiento en alguna parte, algo controlado por unos pocos, pocos y desconocidos, para que los mejores esfuerzos de la buena gente no dieran resultado. Del mismo modo, algo debía de funcionar bien en alguna parte para que los intentos de maldad de otros no convirtieran este mundo en un infierno. Cuando Poirot investigaba, estaba claro quiénes eran las manzanas limpias y quiénes las podridas. Ahora era el cesto el que estaba roto.

—¡Chungo esto de ser consciente! Se vivía mejor en una novela de Simenon o de P. D. James.

No le apetece llamar a ninguno de los amigos. Tendría que explicarles algo ni siquiera claro para él. Por suerte, el coma de su tío sirve de parapeto para cualquier deserción. Mira el ordenador, apagado es algo inútil, un objeto que jamás se aferrará a sus pantorrillas para pedirle una chocolatina. Antonio tiene fiebre y le duele el estómago como si le hubieran clavado un largo cuchillo que se mueve dentro de su cuerpo buscando la salida. El dolor llegó casi sin aviso, apenas tuvo unos minutos para darse cuenta de que estaba poniéndose realmente enfermo. El resto del tiempo lo vivió en una dolorosa duermevela.

Como en una pesadilla, sintió la mano de su madre alarmada sobre la frente, algún grito, después murmullos. Voces roncas, preocupadas, alguien que hurga en el lugar donde el puñal busca una salida. Luego, el traslado, las sirenas... Y el dolor que lo ciega todo.

—Cariño, ¿estás bien?

El hermoso rostro de su madre a dos palmos del suyo. Lo primero que piensa es en lo bella que está cuando no se enfada. Tiene una pequeña aguja clavada en el brazo, una bolsa suspendida. ¿Dónde está?

—Mamá, ¿dónde estoy? —Por un momento piensa que los matones de M. M. lo han encontrado y lo han cosido a navajazos.

—Tranquilo, cielo. Estás en el hospital. Creímos que era un ataque de apendicitis. Ya pasó todo, cielo. —Su madre lo llama cielo, sonríe, está hermosa, ya no tiene un puñal en su estómago—. Perdóname por haber cargado todos mis nervios contigo. Lo siento. —Le resbala una lágrima, Antonio quiere pedirle que no llore, pero tiene un nudo en la garganta—. Lo siento mucho.

—¿Cómo está mi paciente favorito?

Antonio lo conoce. Bata blanca, amigo de la familia, podría serlo suyo si no guardara memoria de sus visitas profesionales. Los médicos siempre fueron para el chico el «hombre del saco».

—¿Cuándo podré salir?

—¡Ay, hijo, por Dios! Lo importante es que te pongas bien. —Mina pierde algo de su hermosura.

—Ahora mismo, mozalbete.

—Pero...

—Que sí, Mina, tu hijo está bien. Podría decirse que ha padecido un ataque de pánico y lo ha somatizado en su estómago. No tiene nada. Ni fiebre. Bastará con que se tome dos cucharadas de jarabe antes de cualquier comida.

—¿Podré salir a la calle?

—Deberás salir. —El chico siente deseos de besar al odiado portador de la bata blanca—. Vida normal, muchacho. Y no le des más vueltas a los problemas. Tu tío se pondrá bien...

—No imaginaba que le hubiera afectado tanto, doctor.

—Los chicos son una caja de sorpresas. Parece que no se enteran de nada, pero sufren como los adultos. Tal vez más porque tienen una mirada diferente sobre las cosas.

Estaba claro que aquellos dos ignoraban todo el asunto del edificio maldito. Mejor. Su padre sabía guardar bien los secretos. Un diez para su padre. Le importaba su tío, no era insensible a su imagen de durmiente en el limbo pese a no lograr verlo totalmente inocente, pero apenas había pensado en él.

—Quiero irme a casa.

En realidad quería llevar la chocolatina prometida a Nerelé y saber cómo estaba la señora Zelka. Convencer a su madre para ir a dar una vuelta antes de la comida, le costó la mejor de sus sonrisas, su más oculto encanto de hijo. ¿Por dónde se le habían escapado las horas? ¿Qué habría pasado? Se sentía como un traidor.

—Pero sin bicicleta, no te convienen los excesos.

Sin bicicleta. Antonio bajó de su casa y comenzó a correr por el paseo de la playa como si estuviera entrenándose para las próximas olimpiadas. Eran las once de la mañana, llevaba veinticuatro horas sin noticias.

Llegó, sudoroso, sin aliento, sin fuerzas. Había voces y un coche de la policía municipal con las luces puestas. Ni rastro de los gitanos cantores. Cuando se disponía a subir a casa de Asím vio salir del portal a Bembó.

—¿Qué ha pasado?

—Vaya, pero si es el chico rico. Creímos que habías vuelto a tu mundo.

—He estado enfermo.

—Por mí. —Estaba claro que no lo creía.

—¿Qué ha pasado?

—Continúa la guerra, chico rico.

En ese momento apareció la camilla en que transportaban a una anciana. La mujer daba voces, reclamaba volver a su casa, reclamaba sus objetos, su gato... La habían atado con correas a la parihuela metálica que portaban dos chicos con chaleco de Cruz Roja. Una mujer menuda intentaba tranquilizar, sin conseguirlo, a la anciana.

—Venga, deje ya de dar voces, la llevamos a un lugar precioso donde la tratarán como a una reina. Usted ya no puede vivir sola.

—¡Mi gato!

—Lo siento, no están permitidos los animales.

La imagen era espeluznante. Antonio recordó escenas de películas y le pareció que la policía municipal no llevaba uniforme azul, sino el negro uniforme de las S.S. nazis. Aquella mujer menuda no era una buena mujer sino una bruja con careta. ¿Era cierto, como afirmaba Pradera, que todos eran iguales ante la ley?

—¿Quién es esa mujer, Bembó?

—Lola. Vivía en la buhardilla.

—¿Se han llevado también a los gitanos?

—Se fueron solos. Le tienen más miedo a una de esas asistentes sociales que a una brigada de la Guardia Civil.

—¡Menuda defensa!

Bembó lo miró como si eso mismo se pudiera aplicar al chico y a sus buenas intenciones y promesas. Fue entonces cuando apareció la señora Saturé. Tenía un aspecto tan majestuoso que la mujer menuda se retiró y todos le dejaron un hueco como si ella lo hubiera pedido. Se acercó hasta el oído de Lola, le murmuró algo y la mujer quedó tranquila, musitó un gracias y se dejó llevar hasta la ambulancia que la esperaba. Fue más eficaz que una dosis doble de cloroformo.

En unos minutos, la pequeña plazoleta, que ni siquiera era tal, quedó en silencio, con algunos vecinos asomados a los balcones, Bembó y Antonio paralizados y la señora Saturé sentada sobre los peldaños de la entrada. Parecían los supervivientes de un bombardeo.

—Tenemos que hacernos cargo del gato —dijo la mujer con aspecto de diosa antigua. Después se levantó y entró en el portal.

Ése debió de ser el mensaje que transmitió a Lola: alguien cuidaría de su gato. Los chicos siguieron los pasos de la madre de Bembó que, con lentitud de emperatriz, llegó hasta la puerta de la buhardilla, rompió la cinta amarilla que había puesto la policía municipal con aviso de que nadie penetrara en el lugar, dio un empujón a la puerta, que apenas opuso resistencia, y entró.

Olía a orín viejo. Todo estaba revuelto y no demasiado limpio. Muy posiblemente Lola necesitase que la atendieran en un lugar adecuado, lo que no era justo es que la llevaran a la fuerza y que la separaran de los únicos afectos que le quedaban: sus recuerdos y su gato. Sobre la cama, tumbado como si esperase el regreso de su compañera, un enorme gato a rayas pardas y blancas los miraba sin moverse. Tampoco hizo nada por evitar que la señora Saturé lo recogiera en su regazo y lo sacase de aquel lugar mientras le murmuraba algo en un lenguaje incomprensible para Antonio pero que el animal parecía entender.

—Ya somos uno más en la familia —sentenció Bembó.

Era sorprendente cómo aquellas gentes, que apenas tenían espacio ni recursos para sí mismos, se ocupaban de otros, aunque ese otro fuera un gato viejo y que hubiera muerto de inanición y soledad en aquella buhardilla protegida por una cinta amarilla que prohibía el paso.

—Tal vez le hayan hecho un favor a Lola —dijo Antonio quizá para no sentirse peor.

—Un favor a la fuerza —protestó Bembó, por primera vez sin su sonrisa—. Acabarán haciéndonos un favor a todos y nos devolverán a nuestros países, o a un campo reservado para refugiados. Ya sabes, por seguridad, o para ayudarnos mejor, o para que no molestemos.

—No lo harán, Bembó. Ya lo verás.

—¿Lo vas a impedir tú, chico rico?

Alguien tendría que impedirlo. Antonio bajó corriendo la escalera y siguió corriendo hasta encontrar una cabina telefónica. En el estómago se le había clavado otro doloroso puñal. Intentó no quebrarse en dos. Marcó el número pese al temblor en las manos.

—Diga.

—¿Inspector Pradera?

—¡Hombre, Antonio! —También tenía buen oído aquel policía—. ¿Sigues en el hospital, muchacho?

Las noticias corrían como si fuera música de tambores en una selva. Ana bonita debía de estar enterada ya de su incidente, de sus «nervios somatizados». Aquel dolor lo dejaba sin fuerzas y había regresado de golpe y por sorpresa.

—Por favor, venga a la calle Las Cruces.

No pudo añadir nada más y acabó ovillado en el suelo de la cabina con el mismo puñal en su estómago buscando una salida. Notó que alguien lo recogía, pero mantuvo los ojos cerrados para evitar que estallara el río de lágrimas guardado tras los párpados.

Bembó no dijo nada. Cargó con el chico como si no tuviera peso, y con él sobre sus espaldas subió hasta su casa. Allí, Antonio sintió unas manos duras y dulces comprobando su frente y sus manos. La señora Saturé no palpaba el estómago, parecía buscar entre los dedos del chico la clave de aquel dolor. Después dijo algo en su remoto idioma y se fue hasta la cocina. Al cabo de tres minutos regresaba con una taza que contenía un líquido verdoso.

—Bebe, niño. Calmar dolor.

Antonio abrió los ojos y le resbalaron lágrimas por las mejillas. La mujer negra sonreía, le ofrecía un bebedizo y limpiaba aquellas lágrimas. Algo en ella lograba calmarlo con su sola presencia. Es posible que hubiera sido hechicera en su pueblo, una hechicera buena capaz de leer las enfermedades a través de los dedos de las manos. El chico bebió. No estaba caliente, no sabía a nada.

—Descansar momento.

—Lamento no haberte creído antes.

—No importa, Bembó. Ya ves, hasta los ricos podemos caer enfermos. ¿Cómo está la señora Zelka?

—Hoy ha ido a trabajar.

—¿Tan pronto?

—Si no trabaja no cobra, si no cobra no hay dinero, si no hay dinero no hay pan.

Una lógica aplastante. Antonio cerró los ojos, estaba tumbado en una cama de una habitación estrecha en la cual apenas cabría otra cama. Era el cuarto de Bembó y sus hermanos. Notaba cómo aquel bebedizo sin sabor llegaba hasta su estómago y cubría como un manto la herida dejada por el puñal. Le entró sueño, un sueño ligero, a medio camino entre la calma y la felicidad. Aquello resultaba mejor que el jarabe del médico. Seguro.

—¿Qué ha pasado?

Todo el mundo estaba empeñado en repetir la misma pregunta o similar. Antonio intentó abrir los ojos, le costaba mucho esfuerzo hacerlo. Intuyó la presencia de Pradera en aquel lugar. Como si fuera un chiste, pensó que no había suficiente espacio para colocar una pradera en una habitación tan reducida.

—Antonio, chaval, ¿estás bien?

—Estar bien. No grave problema el chico.

¡Qué hermosa y profunda era la voz de la señora Saturé! Antonio se sentía flotando por encima de todo y de todos.

—Deje sólo minutos.

—Mi madre sabe de qué habla, señor. En unos minutos despertará y se lo podrá llevar.

—¿Qué ha pasado aquí?

—¿A éste o en general? —preguntó Bembó.

—Las dos cosas. Antonio estuvo ingresado toda la noche en el hospital, es una imprudencia que haya salido de casa. Aunque no terminéis de creerlo, este chico está haciendo todo lo que puede para evitar que os larguen.

—No sé si podrá. —Ésa era la voz de Asím, Antonio la reconoció aunque no pudo moverse para comprobarlo—. Hoy se han llevado a Lola. Sólo quedan dos pisos por limpiar.

—¿Quién se la llevó?

—La asistente social. Parecía tener estudiado el caso de antemano, así que no vino sola, se trajo una ambulancia y una patrulla de municipales —dijo Asím masticando la rabia.

—Lola era la viejecita que vivía en la buhardilla. No tenía familia, pero tenía un contrato desde hacía más de veinte años, con renta baja y sin que los dueños pudieran sacarla. Al menos por las buenas —terminó de informar Bembó.

—Y entonces se hicieron cargo los Servicios Sociales del municipio. Parece que el Rana cumplió con sus deberes.

—¿Cómo? —preguntó Bembó.

—Ya os lo contaré en otro momento. Ahora mejor dejamos descansar a vuestro amigo. Dile a tu madre que nos avise cuando despierte. Ahora os invito a un refresco y os pongo al día. Además, voy a necesitar vuestra ayuda.

Asím y Bembó no terminaban de creérselo. Jamás hubieran imaginado a todo un señor inspector, sentado en su casa, dando explicaciones a un niño negro y otro armenio como si fueran compañeros de toda la vida. No todos los policías eran sus enemigos.

Y mucho menos aquél.

CON LA GUARDIA LEVANTADA

Una mano pequeñita reposaba sobre el brazo de Antonio. Ahora sí podía abrir los ojos. Se preguntó cuánto tiempo llevaría dormido en aquella cama. Miró el reloj: la una de la tarde. Tenía que llamar a su madre cuanto antes.

—Até...

Pero no era una clara petición de chocolatina. Nerelé utilizaba la misma palabra con diferente entonación para comunicarse. El repertorio de su vocabulario debía de ser muy limitado. Antonio recordó que esta vez sí tenía lo prometido. Buscó en sus bolsillos y encontró dos caramelos de chocolate.

—Toma, lo prometido. Y estoy bien, no pongas carita triste.

La niña sonrió y se le iluminó el rostro oscuro como si hubieran puesto luces para una fiesta sobre sus cejas. El chico había sentido, desde el principio, una debilidad especial por aquella bolita que parecía chocolate humano. Hubiera deseado tener una hermana como ella.

—Tú bien, chico.

—Gracias a usted, señora.

—Esperan fuera. Tú cuidarte, chico.

Se sentía como nuevo, como si hubiera dormido varios días y no sólo unos minutos. Pensó en ir hasta la cabina y avisar a su madre. Nerelé iba colgada de sus pantalones. En el portal un curioso trío lo esperaba: Asím, Bembó y Pradera, con sendos botes de refresco charlaban como si fueran camaradas de años. Apenas dos días atrás, los dos refugiados del hambre y el horror habrían apostado sus cabezas a que aquella escena nunca se produciría. Aquel inspector era realmente un tipo raro. Tendría que hablar con Ana bonita, quizá fuera un hombre excepcional que no se mereciera más calabazas.

—¿Ya estás bien?

Lo mejor era que la pregunta la había hecho Asím y además le sonreía. Pradera debía tener algo de mago.

—Nos vamos, chico. Te llevo a tu casa y por el camino te informo. Te informo. Y vosotros, a cumplir con el plan. Bembó, espero que seas un artista de las trampas y tú, Asím, vuelve a llamar a los «primos», necesitamos vigilancia permanente. Permanente. Yo haré dos llamadas y provocaré al tigre.

—Vale. —Todos ignoraban la muletilla repetitiva del policía. Es posible que se hubieran acostumbrado y ni la notaran.

Los dos chicos parecían haber recuperado alguna esperanza perdida, tal vez fueron suficientes las tareas asignadas por el inspector, que se sintieran partícipes en la defensa de su resistencia. Palmearon la espalda de Antonio y le dieron la mano al inspector del mismo modo que lo hacían las pandillas del Bronx en las películas. Si alguien los observara, creería que eran una estrafalaria banda de delincuentes preparando algún asalto. La amistad se parece a una curiosa fórmula capaz de juntar a los más dispares personajes.

—Inspector, me sorprende.

—Es que tienes muchos prejuicios, chico rico...

—¡Menos guasa! ¿Qué estaban planeando? Prometió ponerme al día.

—Y lo haré. Esos chicos tienen madera, me gustaría tenerlos a mis órdenes. Me gustaría.

—No me haga reír, inspector.

—No lo pretendo. Y tal vez...

—¡No estaría mal, sería el creador de la brigada multirracial contra las bandas de asesinos limpios!

—¿Asesinos limpios?

—En otro momento. Ahora necesito que me ponga al día. Dos llamadas y despertar al tigre suena interesante.

—Dado que eres un recomendado de Ana y que algún día serás escritor de novelas policíacas, te pondré al día con detalle. Sube al coche.

Durante el trayecto, Pradera puso al corriente de los planes al chico. Hubo momentos en que la costumbre de repetir algunas palabras casi acaba con los nervios, sin somatizar, de Antonio. Menos mal que el puñal de su estómago había desaparecido. Al final le pareció que, si resultaba, incluso podrían lograr que su tío no llegara a firmar el nuevo plazo de la hipoteca concedida a la inmobiliaria El Dorado.

Cada uno tenía asignada una misión. Aunque Pradera era la pieza clave de todo el proyecto. Para empezar, se trataba de hacer público lo que estaba pasando.

—Lo que no sale en la prensa no existe, chico. Si no mira

el periódico de hoy y léete la noticia de unos separatistas texanos que querían matar al presidente utilizando un cactus envenenado. ¡Envenenado! Suena a chiste pero, ya ves, es cierto. Para que luego digan que los novelistas se inventan cosas raras. Raras.

El inspector contaba con un amigo redactor del diario local más leído. Compañeros de barrio, lo que, por lo visto, generaba las mayores lealtades. Él se encargaría de hacer un reportaje sobre Lola y el lugar donde estuviera recluida.

—¿Y si no la encuentra?

—Vamos, chico, se trata de un profesional. Le cuesta una llamada saber dónde está. Una llamada.

—¿Y si no quiere colaborar con nosotros?

—Querrá. Pepe sigue siendo nuestro «Colilla».

—¿Cómo?

—Era el ladrón oficial de colillas cuando teníamos más o menos tu edad. Tenía una rara habilidad para encontrar las mejores. Las mejores. —Al inspector le colgaba una sonrisa bobalicona—. Las más largas y de tabaco americano. Sigue siendo un tipo pistonudo, de los que creen en la justicia y en el papel de la prensa como denunciadora. De la prensa.

—Pero tendrá un jefe. Y son los jefes los que están en las bandas de «asesinos limpios».

—¡Ahora entiendo por qué decías limpios! En el supuesto de que el jefe le pusiera reparos, que no lo sé. No lo sé. Pepe es un tipo listo: si se huele la prohibición se lo da publicado y una vez que se publica es como una bola de nieve, o sea, no hay quien la pare. De paso hablará de las dos familias de inmigrantes que viven perfectamente integradas en esa casa y esta ciudad. ¡Aquí cabemos todos!

—Muy utópico, pero ¿están de acuerdo?

—Naturalmente.

—No me lo puedo creer.

Y le costaba imaginar que aquellos dos desconfiados se hubieran puesto en manos del inspector Pradera. Lo dicho, aquel tipo debía de esconder poderes mágicos, o hipnóticos. Y si ellos confiaban en él, sus madres confiarían en sus hijos. Habría reportaje.

—Vale, lo de la prensa ya lo entendí. ¿Qué era lo de despertar al tigre?

—Poner nerviosos a M. M. y a J. P.

—¿Quién es J. P.? —Había más iniciales en ese mundillo que siglas de organismos internacionales.

—Juan Pedro López, el concejal de urbanismo. O sea, J. P. Para empezar leerán el artículo y se darán cuenta de que los «métodos legales» se han terminado. Los legales. Entonces utilizarán los viejos y sucios métodos de Mínguez.

—Eso quiere decir que habrá puesto en peligro la vida de esas familias.

—Pero estaremos sobre aviso. Estaremos. Y el principio de cualquier victoria estriba en conocer los planes del enemigo con antelación. Los planes.

—No me gusta ni un pelo.

—Ni a mí. Esta tarde tomaré el móvil del servicio. Confieso que lo odio, pero estaré a todas horas y en todo momento localizable. Apunta el número.

—¿Dónde?

—Pues en tu piel, chico. ¡Menuda falta de recursos!

Un poco torpe sí se sentía. Era como si su participación en todo se hubiera limitado a utilizar a Ana bonita y fueran otros los únicos capaces de aportar ideas, de hacer algo. Anotó el número en el dorso de su mano izquierda.

—Asím llamará a los primos...

—¡Para que salgan corriendo!

—Esta vez no correrán ni aunque llegue todo el Departamento de Servicios Sociales.

—¡Se lo sabe todo, eh!

—Lo intento. Lo intento. Le he dicho a tu amigo que los llame de mi parte. A mí no me fallarán. No.

—No me gustaría nada tenerlo siguiéndome los talones, inspector. ¿Qué tengo que hacer yo?

—Estar con ellos. Que no se sientan solos. Y tú, chico listo, no pongas cara de inútil; si no se te hubiera ocurrido ir a pedir ayuda a Ana, yo no estaría. No estaría. Así que has hecho lo más importante.

Antonio no se lo creía, pero tampoco tenía tiempo para discusiones. El coche frenaba en esos momentos frente al portal de su casa. Allí no había gitanos cantando, ni miedo a que alguien se llevase a los inquilinos a la fuerza.

—¿Cómo estás, Antonio?

—Muy bien, gracias.

¡Hasta el portero se había enterado! Al tipo le gustaba el cotilleo más que una paga extra. Trató de imaginárselo defendiendo a los inquilinos. Imposible, aquel hombre a duras penas cargaba con sus huesos.

CABOS SUELTOS

Lo que Antonio no supo hasta mucho después de que todo terminara fue la carrera contra reloj del inspector Pradera. Contra reloj, contra todos los papeles que se acumulaban en su mesa y contra todos los intentos del comisario por saber en qué andaba metido. El tiempo era un elemento decisivo, y el factor sorpresa su mejor arma defensiva. Después de dejar al chico se fue hasta la notaría en busca de Ana. Nadie sospecharía nada porque todos conocían el largo intento del policía por conquistar a la esquiva secretaria.

—Pero ¡si está aquí mi hombre favorito! —casi gritó Ana para que todos se enteraran y pensaran que la reunión a despacho cerrado tenía que ver con motivos puramente sentimentales. A la mujer le importaba muy poco el cotilleo de sus compañeros, se diría que la divertía y ella misma añadía datos equívocos para alimentarlo.

—¿Cómo van las cosas?

—Precipitándose. Necesito tu ayuda.

—Lo que sea. —Se le notaba la preocupación.

—No va a gustarte. Nada.

La chica lo miró seriamente. No era fácil ver el rostro de

Ana sin una sonrisa. Pradera sintió que, en pose de mujer seria, incluso le gustaba más.

—Habla.

—Las cosas se han movido. A esos tipos les queda poco tiempo y mucho por hacer. Mucho. Se han librado de Lola, la viejecita que habitaba en la buhardilla.

—¿Quién se atrevió?

—Esta vez le tocó el turno a J. P. y sus Servicios Sociales.

—¡Maldita rata!

—Al menos, Lola está viva. Viva. Y del gato se han ocupado los vecinos. Del gato. —Ana lo miró como si se le hubiera aflojado algún tornillo por equiparar la seguridad del gato a la de su dueña—. Ahora voy a provocarlos, voy a conseguir que Pepe *el Colilla* haga un buen reportaje sobre esa señora y las dos familias que quedan...

—Eso puede ser peligroso.

—Lo saben. Están sobre aviso, Ana, y eso nos da ventaja. Ventaja. Pero para que Pepe se interese necesito enseñarle los documentos notariales...

—¡No los puede utilizar!

—Oficialmente no lo hará. Pero lo convencerán a él y servirán para presionar a esos tipejos.

—Pradera —Ana siempre lo llamaba por el apellido—, no es ético que yo te dé una copia de algo que es confidencial. Y si mi jefe se despierta...

—Si tu jefe se despierta te aplaude. No es como ellos. No. —Eso no podría jurarlo—. Es sólo un gallina escondido tras documentos. Tenía la carta de Basilia en la mano cuando... Bueno, cuando le dio el pampurrio. No me mires así, la he leído. Recuerda que se han cargado a su niñera. Recuerda. Siempre que no lo impliquemos, no dirá nada.

—Es posible, pero no es ético.

—Es menos ético el asesinato.

Ana bajó la cabeza. Durante un par de minutos mantuvo una lucha silenciosa entre, por un lado, la funcionaria leal y eficaz con cariño por el notario y, por otra, la mujer que no soportaba ver una injusticia sin intentar, cuando menos, denunciarla. Mucho peor que saltarse la confidencialidad de unos mafiosos de guante blanco era imaginar un «accidente» que acabara con aquellas dos familias, con alguno de los niños. Muy bajito, como para sí misma, murmuró:

—No es legal, pero es justo. —Luego levantó la cabeza y la voz para añadir—: Sé que harás buen uso de esos papeles y que verán la luz sólo si es imprescindible. Pero, si tienes problemas, puedes dar mi nombre. Soy consciente de lo que hago. No necesito que me protejas. Te los doy voluntaria y conscientemente.

—Ana, eres la mujer más deliciosa y con más coraje que he conocido...

—Mira, los piropos te los guardas para mejor ocasión. Y si todo esto termina algún día, pagarás la cena más cara de toda tu vida. Vete pidiendo un préstamo.

—Me hipoteco hasta el último pelo.

No era el mejor momento para hacer el chiste que merecía tal hipoteca. Algún día, Ana le recordaría que, justamente de pelo, andaba escaso.

Pradera respiró hondo: el primer paso estaba dado. Tenía hambre, pero ese día no tocaba comida, ni siquiera rápida. Salió de la notaría y fue a la redacción del periódico local jurando en arameo, porque recorrer cien metros le costó casi veinte minutos de conducción. El coche, en verano, con la ciudad en obras y con todo tan cerca como estaba, era peor que cargar con un fardo. Cuando lo aparcó se juró que ese día no volvería a coger el volante. Esperaba que Pepe *el Colilla* estuviera allí.

—Está en la bocadillería de la esquina, inspector. Bajó no hace ni diez minutos —dijo un chico de prácticas que hablaba como si fuera un veterano de varios diarios nacionales.

—Acabará con úlcera. Como yo mismo. Con úlcera.

Había trabajos cuya nómina no cubría, ni de lejos, el riesgo de ciertos padecimientos, ni siquiera considerados como enfermedades profesionales. La úlcera de duodeno debería figurar en primer lugar de la lista para su profesión y la de su amigo.

—¡Coño, la bofia! ¿Tengo alguna multa sin pagar?

—Varias. Cada día hablas peor, Colilla.

—¿Y mandan a todo un inspector? No sé si sentirme importante.

—¿Qué comes?

—Bocata de tortilla con pimientos.

—Acabarás mal. Pediré otro.

—Así me haces compañía cuando ingrese en la UCI.

El periodista sospechó que algo gordo preocupaba seriamente a Pradera. Hacía meses que no se veían, la última vez fue él quien solicitó ayuda del inspector para tener en primicia las fotos de cierto delincuente.

—¿Qué pasa, Javi?

Era de los pocos que utilizaba el nombre para referirse al inspector. Posiblemente el único al que consentía el diminutivo.

—Echa un ojo a esto.

Y tiró las copias notariales sobre la mesa mientras hincaba el diente al bocadillo. Pepe olvidó el suyo a las dos líneas de lectura. El periodista que olfatea noticia suculenta afloró a sus ojillos de miope.

—¡Menuda bomba! ¿Puedo utilizarlo?

—Primero un favor. Primero.

—Espero poder, porque esto se merece cualquier cosa. ¿A quién tengo que matar?

—Al gilipollas que eres, Colilla. No tengo los nervios muy templados. Templados. ¿Tienes papel y lápiz?

—Eso siempre.

Pradera fue poniendo al día sobre el reportaje que necesitaba a su viejo compañero de juegos y fútbol en el barrio del Coto. Además, tenía que mandar, por fax y desde el periódico, una copia de la parte más jugosa de aquellos documentos a Mínguez y Juan Pedro López a primera hora de la mañana, una vez comprobado que la noticia no había encontrado dificultades de última hora para editarse.

—Eso es ponerles pólvora cerca de la caja de cerillas, Javi. Puede escapársenos de las manos.

—O venir directamente a la trampa de la justicia. Directamente.

—Irán, directamente, a cargarse a esas familias.

—Estamos preparados, Colilla. Preparados.

—¿Cuentas con apoyo oficial?

—En mi oficina no saben nada. Ni siquiera de mí, últimamente. No me fío, siempre puede haber soplones. Y al comisario no le gustan las actuaciones «de alto riesgo». No le gustan. No es mal tipo, pero le va el papeleo.

—Nunca llegarás a nada, Javi. Pero me gusta tu estilo. Y yo estoy tan loco como tú, para seguirte. Te advierto que mi jefe puede ponerme las orejas rojas si esto termina mal para el periódico, ya sabes, demandas y esas cosas.

—Sea por los viejos tiempos.

Y algo de los niños que fueron cuando rompían cristales a balonazos y salían por pies para evitar a la vecina agraviada despertó en los dos.

—Me largo, Javi, esto corre prisa. En una hora iré hasta el número 13 de Las Cruces con un fotógrafo.

El inspector no pudo terminar el bocadillo de tortilla y pimientos. Aún quedaban pequeños asuntos por resolver. El primero ir a la comisaría y hacerse con el maldito móvil. Por una vez le encontraría cierta utilidad al odiado aparato, ese que te encontrabas en el oído de transeúntes, conductores y otras especies como un añadido corporal. Hasta las citas de manicura se hacían a través del móvil.

—Esperemos que el tigre despierte bostezando y nos dé tiempo —murmuró para sí mismo.

En comisaría evitó todos los papeles, varias llamadas y tres avisos del comisario que lo reclamaban con urgencia. Después volvió al periódico para dejar en el despacho del periodista un sobre cerrado. Decidió que iría andando hasta la calle Las Cruces, mantendría la promesa de no coger el volante aunque ya notaba flojera en las piernas. No estaba lejos de la redacción del periódico. Además evitaba transitar por las calles del centro que estaban en guerra de obras y no había coche capaz de torear tanta calle cortada.

Todo estaba cerca, «a golpe de un tranquilo paseo», pensó el inspector que amaba aquella ciudad aún perfumada por el mar, con gentes amables que indicaban dónde estaban las calles y ayudaban a los niños a cruzar. No le gustaba ver cómo los intereses de unos cuantos desalmados la convertían en un lugar cruel, prohibido para los más débiles.

Quería creer que todo saldría bien. Eran las cuatro y quince. Avisaría a las familias que esa misma tarde los visitaría un periodista. Con fotógrafo incluido. Escuchó la algarabía musical antes de ver a los gitanos en el portal.

Que estoy muy nerviosa, prima,
que viene mi novio a verme,
y no sé qué vestío ponerme.

—Tenéis un repertorio escaso, tuerto.

—De eso na, jefe. Diga usté una, la que guste, y se la versionamos.

—Mejor haz un descanso. Me duele la cabeza.

—Allá usté mismito, jefe, porque lo que se pué escuchar sin música es más pior.

Golpes, sierras, martillos. ¿Qué estaban haciendo? Con un poco de mala suerte, los inquilinos habían decidido tirar ellos mismos el edificio. Recordaba una película colombiana en la cual destruían y expoliaban el edificio en cuestión,

La estrategia del caracol. Después recordó que Bembó había hablado de preparar una trampa. Por el ruido, la tal trampa debía de ser para elefantes.

Nerelé hacía guardia en el portal. Miró al inspector y debió de parecerle demasiado lejos de su alcance para solicitar golosinas. Siempre sometía a estudio a sus proveedores. De momento andaba servida, Antonio había regresado con el refuerzo de cuatro enormes caramelos de chocolate. También con el aviso de que serían los últimos por algo de los dientes que la niña no logró entender. Tampoco se desanimó, conocía bien su capacidad de persuasión y encanto. Los dientes eran un asunto propio de los adultos.

—¿Tú sabes qué leche están haciendo?

Y la niña lo miró como si hablara en chino o como si no estuviera dispuesta a contar ningún secreto.

—¡Hola, Pradera!

—Antonio, chico, ¿ya estás de vuelta?

—Pues sí. Y ha venido mi padre. Está arriba echando una mano.

—Una mano solamente o ha traído una cuadrilla. Por cierto, ¿adónde vas?

—A la ferretería. Tengo prisa, inspector.

Y el chico se fue corriendo, como si lo persiguiera un ejército. Luego tuvo que ir más despacio, porque Nerelé se empeñó en aferrarse a sus pantalones y lo obligó a llevarla de carabina. Aquel rollito de chocolate con ojos era capaz de convencer sin una sola palabra. En la casa de Bembó, todos trabajaban tras la puerta.

—¡No intente abrirla, inspector!

—Coño, Pablo, ¿pretenden matarme a sustos? A sustos. ¿Qué están haciendo?

—A Bembó se le ocurrió la idea de poner en la puerta una especie de arma defensiva contra posibles invasores. Mire, mire.

No era mucho lo que se veía: un enorme muelle vagamente conectado a los goznes de la puerta que terminaba en algo parecido a una porra de madera y que se sujetaba con correas.

—¿Qué rayos es esto?

—Estamos perfeccionándolo. —Pablo hablaba con el entusiasmo de quien ha recuperado la infancia perdida—. Es un artilugio estupendo, idea de Bembó, que salta cuando alguien intenta forzar la puerta, entonces esto —y señaló aquella porra de madera— le rompe las narices.

—¿Y funciona? —preguntó escéptico el policía.

—Si quiere lo probamos con usted —dijo Bembó con la sonrisa llenándole la cara.

—No, gracias.

—Antonio ha ido a por dos despertadores, dos temporizadores, una malla de...

—No, por favor. Ni me lo expliquen. Sólo vine a decir que dentro de poco vendrá el periodista. Mañana saldrá el reportaje. Saldrá. Pero prefiero que la cosa esta de la puerta asesina ni la mencionen. Ni la mencionen.

—Tranquilo, jefe.

Bembó estaba encantado con su invento. Sobre todo porque alguien como Pablo, el padre del chico rico, con título universitario, lo había encontrado genial y había añadido ideas de su propia cosecha como aquella de instalar una alarma. Si alguien intentaba forzar la puerta sin permiso de los inquilinos, aquel invento haría saltar los goznes conectados con muelles que darían impulso añadido a una porra de madera que atravesaría la puerta y podría partirle la cara a quien intentara forzarla. Para completar el ingenio, añadirían una alarma. Con ella, todos tendrían tiempo para defenderse de los agresores. Lo de romper la puerta no se podía evitar porque la catapulta casera no podía estar a la vista. Bembó prometió repararla.

Las dos madres de los chicos fingían no enterarse del ruido mientras se dedicaban a preparar una cena especial para tan larga tribu, como si aquello no fuera con ellas o no tuvieran mucho interés en enterarse. Asím colocaba en las ventanas tablones de madera. Todos estaban ocupados. El tuerto decidió que se había terminado el descanso y se soltó con una de Los Chunguitos.

—¡Esto es demasiado para mis nervios! ¡Me largo!

El inspector Pradera decidió ir a buscar una farmacia para hacerse con unos cuantos analgésicos. Si la historia duraba mucho acabaría para ingresar en el primer frenopático de guardia.

Y aún le quedaba el mal trago de poner al día al comisario.

—Ana, esto sólo lo hago por ti —murmuró sin creérselo enteramente.

EL DESPERTAR DEL TIGRE

—¿No coge el teléfono, jefe?

Manoli aún no había leído los periódicos. El mes tenía mañanas en las cuales resultaba imposible retocarse el maquillaje. Para colmo, su jefe había llegado temprano, antes que ella misma, quien solía ser la primera en entrar del departamento, «antes de que pusieran las alfombras en el ayuntamiento, vaya». Y con cara de cadáver profanado.

—Manoli, por favor, tráeme un café bien cargado. Y, de momento, no me pases llamadas.

Sobre la mesa de Juan Pedro López temblaban las hojas recibidas antes de haber abierto su despacho. Afortunadamente, había adquirido la costumbre de cerrar con llave y la secretaria sólo abría cuando él estaba de viaje y recibía permiso expreso. Aunque Manoli nunca se molestó por curiosear. Iba al ayuntamiento «a buscarse los garbanzos. Y punto». Lo primero fue la prensa: dos páginas centrales con fotos y la firma más respetada de la ciudad hablando de acoso a dos familias de inmigrantes, totalmente integradas, y de «el secuestro» de una anciana a quien los Servicios Sociales habían ingresado en un lugar desconocido. El reportaje destilaba saña y humor envenenado:

«La insensibilidad con las personas es algo habitual en nuestra sociedad, pero la falta de sentimientos demostrada al dejar abandonado, solo y a su suerte, al gato de la anciana, es cosa seria. Es posible que sociedades protectoras de animales de toda Europa presenten querella contra nuestras autoridades municipales.»

¡El gato! J. P. sudaba ríos. Aquello podía acabar con su carrera política y la sola idea de regresar a su mal pagado empleo en una imprenta al borde de la quiebra le producía mareos y vómitos de embarazo.

—El alcalde me fulmina.

Pero aquello había sido sólo el comienzo. El fax de su despacho había largado cuatro folios, copias oficiales y firmadas, que demostraban su vinculación con la inmobiliaria El Dorado. Lo de la vieja podía ser una gestión desacertada, no un delito, pero las pruebas que lo mezclaban, de manera tajante, con toda la operación del maldito edificio, eso podía ser delito. Y más si alguien relacionaba todo aquello con la reciente fuga de gas y la muerte de Basilia. El periodista parecía saber bien de qué iba la historia y sembraba cizaña en forma de dudas «sin probar».

«A este edificio le crecen las desgracias como si algún diablo travieso moviera los hilos de la fatalidad. Hace pocos días otra anciana murió víctima de una supuesta fuga de gas provocada por un supuesto despiste de la víctima.»

Un supuesto poco creíble. La habilidad del periodista para poner en el mismo saco datos, fechas, respuestas de las familias junto con hechos que, de momento, no se podían probar, convertían la muerte de Basilia en un asesinato premeditado. Y también a él lo señalarían.

—¡Esto es obra de M. M.!

Nunca había tenido muchas luces el concejal de urbanismo. Si hubiera tenido más despiertas sus neuronas, habría aprovechado las horas de la mañana, breve tregua, para comprarse un billete a cualquier isla que no tuviera tratado de extradición con el país. Descolgó el teléfono y, conteniendo a duras penas los temblores, marcó el número de un móvil.

—Sí. —La voz era cortante como un machete.

—Oye, soy yo; sin nombres. ¿Has conseguido que los papeles del notario estén en poder de los periodistas?

—Tú estás como un cencerro. ¿De qué estás hablando, sin nombres?

—Acaba de llegar un fax a mi despacho reproduciendo el precontrato firmado ante notario y la lista oficial de optantes a una vivienda...

—¿Cómo?

—¿No te ha llegado nada?

—Estoy en el coche.

—Tampoco has leído la prensa, imagino.

—No suelo perder el tiempo en gilipolleces.

—Pues hoy te conviene leerla.

Y colgó porque, a través de los cristales de la puerta, vio cómo se acercaba la inconfundible figura del alcalde. Traía su mejor cara de perro de presa y todos los kilos que le sobraban inclinados hacia adelante en un acto instintivo de ataque. Entró en el despacho del concejal sin pedir permiso y tiró el periódico sobre la mesa del mismo como si fuera un cadáver con sus huellas en el puñal aún clavado. Por suerte para el aterrorizado concejal no reparó en las hojas remitidas por fax.

—Tú dirás —dijo a modo de saludo y petición de explicaciones.

—No tengo mucho que decir. Hay un informe de los Servicios Sociales que hablan del lamentable abandono de esa anciana, Lola según creo, y la petición de una intervención social urgente.

—Mira, J. P., ése es el cabo de toda la historia que menos me preocupa. Pero al periodista parecen sobrarle datos e informaciones que aún no da, pero anuncia. Y ésos sí me parecen alarmantes.

—¿Por qué no llamas al director del periódico y lo frenas?

—Desde luego, Juan Pedro, has perdido todo sentido de la realidad. Para empezar, a la prensa no se la amenaza, tío listo, al menos no la amenaza ningún político que dependa de su información para comunicarse con los ciudadanos. ¡Sólo me faltaba que me tachasen de censor de la prensa libre! Para seguir, muchacho, yo no tengo nada que ocultar. Nada. Y tú, mejor te vas limpiando la mierda... Si puedes.

—Yo no...

—Mejor, sólo digo que, en caso de tenerla, te la limpies rápido. Con pedir tu dimisión y lamentar que hayas caído en la tentación de ser corrupto, me libro de todo el asunto. Además, yo no estoy en ningún documento probatorio. Vamos, que no estoy pringado. Si no he querido saber nada de tus negocios era porque no te imaginaba tan imbécil como para que te cazaran en algo ilegal.

Y salió del despacho con todos sus kilos de más en otra dirección. ¿Le habría llegado al alcalde una copia de aquellos documentos?

En otro despacho de la ciudad, no demasiado lejos porque todo personaje que se preciara tenía que montar el negocio entre dos o tres calles principales, es decir, que estaban todos cerca para poder tomar café a media mañana, se producía una discusión aún más violenta.

—¡No quiero excusas, Celso!

—Oye, Mauro, soy tu abogado no tu matón.

—¡No me digas! Lo que eres es un muerto de hambre que me lo debe todo.

—No pienso cometer un delito.

—¡Harás lo que a mí se me antoje! Te tengo bien cogido por las pelotas, Celso. Y lo sabes.

El Rana, con traje incapaz de cubrirle el miedo que le producía su jefe, esperaba órdenes guardando la puerta del despacho. En posición de firmes, como un soldado, aunque sus piernas no dieran para mucho garbo en tal postura. M. M. no tenía un buen día y se preparó para lo peor. Dentro, continuaban las voces.

—No te obceques, hombre. —El abogado decidió cambiar de táctica—. Si precipitamos las cosas, como tú quieres, se nos caerá encima toda la policía. Hasta ahora hay rumores, un contrato que serviría de poco, una lista... Nada ilegal, recuerda que están autorizados y firmados por un notario. Un notario sin sombra de sospecha...

—Ya, sólo se sospecha del tal Ángel que es tonto. Tonto incluso para sacar beneficio de su posición.

—Lo peor que podría pasar es que hubiera un pequeño revuelo en la prensa, durante unos días. Punto final. Es más, si te parece incluso les buscamos una nueva serpiente de verano para que se entretengan, fotos escabrosas de algún político, rumores de infidelidades... ¡En menos de una semana, se olvidan del jodido edificio!

—No te lo discuto. Pero los piojosos negros se quedan dentro y tan tranquilos, nosotros perdemos la prórroga de la hipoteca y se jodió el negocio. ¡De eso nada!

—Mauro, no te obceques. —Le había tomado gusto a la palabra—. En el peor de los casos pierdes dinero. Además podemos arreglar una nueva prórroga... Pero si haces lo que pretendes, puedes acabar en la cárcel.

—¡No ha nacido quien...!

El hombre dio un puñetazo en la mesa que la hizo temblar y plantearse muy seriamente si abrirse sus venas de madera. En la puerta, el Rana recibió el golpe como si se lo hubieran dado en el centro mismo de su estropeada nariz.

—No tengo más que decir, Celso. Quiero la actuación esta noche. Punto.

EL SALTO DEL TIGRE

De alguna manera, todos esperaban acontecimientos. Se decían en voz alta que no iba a pasar nada, que el reportaje en la prensa evitaría que M. M. utilizara medidas violentas. Pero nadie conciliaba el sueño aquella noche. Excepto Nerelé y los más pequeños.

Antonio, tumbado en su cama, tenía la impresión de haber abandonado a sus amigos. Él dormía seguro, en un edificio que nadie deseaba desalojar. Le preocupaban todos, pero Nerelé le parecía la más indefensa. No quería imaginar un mundo en el cual no estuviera ella para pedir «ate». Estuvo a punto de rogar que le dejaran llevársela a su casa, pero no sería fácil entrar en explicaciones con Mina. Tampoco lo hubiera consentido la señora Saturé.

A las dos de la madrugada sonó el teléfono. Antonio saltó de la cama. Su padre había contestado antes de que pudiera llegar al salón. Había pedido tener un supletorio en su cuarto desde hacía dos años, pero no había logrado saltarse la lógica materna de que la factura telefónica subiría por encima de lo soportable.

—¡Dios mío! —casi gritó Mina. El chico no pudo contenerse y entró, sin llamar, en el cuarto de sus padres.

—¡Antonio, cariño, un milagro!

Su madre estaba feliz, levantándose de la cama y llorando entre sonrisas. El chico no entendía nada.

—Tu tío Ángel ha despertado. ¿No es un milagro?

Antonio se había olvidado de su tío. Llevaba tantos días en el limbo de los durmientes y se habían precipitado los acontecimientos por derroteros tan diferentes, que lo había borrado de su memoria. Al menos para pensar algo bueno.

—Toni, hijo, nos vamos al hospital. He traído el móvil del despacho. —Pablo, al igual que el inspector, odiaba esos teléfonos—. Te anoto el número.

Padre e hijo se miraron. Ambos sabían el porqué de llevar el móvil. Mina parecía no enterarse de otra cosa salvo de la buena noticia sobre la recuperación del notario. Su hermano había vuelto del reino de las nubes. El chico no pudo evitar el comentario, en voz baja, a su padre.

—Esperemos que no despierte para fastidiarlo todo.

—Que haya despertado no quiere decir que regrese mañana mismo al despacho. Con suerte, se tomará unas vacaciones.

—Menos mal, porque si no Ana bonita podría tener problemas.

—Tu tío lleva años dependiendo de la eficacia de Ana. No sabría moverse sin ella.

Sus padres se fueron y Antonio prefirió sentarse en el salón. No dormiría, tampoco tenía la cabeza para meterla dentro de una de sus novelas. Comenzó a escribir su propia novela: *La banda de los asesinos limpios*. Algo le decía que el tigre del que hablaba Pradera había dado su primer gruñido y había despertado a Ángel Arza Buenaventura, tal vez para que levantase acta de los acontecimientos. Sonrió, aquélla era una idea macabra. No imaginaba lo acertado de la metáfora.

En otro lugar de la ciudad, donde tampoco el sueño visitaba esa noche, comenzaron a sentirse los sigilosos pasos del tigre. Un Nissan Patrol llegaba hasta la calle Las Cruces con las luces apagadas jugándose que algún municipal lo parase y aparcaba con dos ruedas subidas en la acera. En julio, en Gijón, con buen tiempo, turistas y ganas de juerga del personal, había tal bullicio en las calles que resultaría casi imposible distinguir un bombardeo por entre la música que atronaba el barrio y toda la ciudad. El olor a sardinas asadas parecía más penetrante esa noche.

El Rana y otros dos individuos bajaron del coche. Uno de ellos llevaba una lata de gasolina en la mano. Estaban tan seguros y tenían tan poco cerebro que no se les ocurrió comprobar si alguien los esperaba. Por eso no pudieron ver al inspector Pradera al frente de una patrulla ni a Pepe *el Colilla* montando guardia con cámara de fotos incluida. La fotografía no era lo suyo, pero no hay noticia sin foto. Y aquélla sería de primera página. Lo fue incluso de los diarios nacionales.

—Hemos despertado al tigre —murmuró Pradera, y sus hombres lo miraron sin atreverse a preguntar dónde estaba la fiera.

El inspector dejó que los tres personajes entraran en el edificio. Sabía que el tuerto esperaba en el portal. Después, se acercó al Nissan y encañonó al conductor, que no se enteró de nada hasta que sintió la pistola apuntando su cabeza.

—¡Quítate los cascos, mamón, y baja del coche con cuidado! Con mucho cuidado.

—Jefe, estos tipos no sirven ni para matones —dijo uno de los policías—. ¡Mira que hacer guardia con los cascos puestos!

—Las bromas después, Juanito. Ahora hay que seguir a esos tipos. Pero sin hacer nada hasta que los tengamos con las manos en la masa.

—¡Así la foto será mejor!

—Coño, Colilla, ¿qué haces aquí?

—Mi trabajo.

—No molestes que esto es serio.

—Lo que yo hago también. Y te recuerdo que me debes una. Suponía que actuarían rápido. Estaba dispuesto a pasarme varias noches haciendo ronda.

—Vale, pero no nos jodas el invento.

—Se oye una pelea, Javi.

—Es el tuerto. Deja que se ejercite un rato y gaste un poco de adrenalina. Tiene derecho a sentirse útil.

—¿Y sólo hay uno?

—De guardia se quedó sólo el tuerto. Tampoco ellos creían que la cosa fuera a ser tan rápida. Rápida.

—¡Menuda ayuda!

—Colilla, un consejo: nunca te pongas a medio metro de la navaja de ese gitano. Nunca.

En ese momento sonó la alarma preparada tras la puerta de la familia Saturé. Aquélla era la señal. En tres minutos, los tres matones, el Rana incluido, fueron detenidos por la patrulla de Pradera. Bien es cierto que uno de ellos había sido bloqueado por el tuerto, que le había dejado el rostro dibujado con filigranas a punta de navaja.

—Buen trabajo, tuerto.

—Pa que luego nos jusgue mu duramente.

—No te pongas tantas medallas. Medallas. —Después encaró al antiguo boxeador, que temblaba como una hoja caduca—: ¿Desde cuándo usas gasolina para matar niños, Rana?

—Oiga, yo...

—Tú irás al trullo, mamón. Al trullo. Tú decides la cantidad de años.

—¿Yo?

—¡Santo Dios! Después del golpe que te acabas de llevar, ¿cuántas neuronas te quedan, Rana?

—¿Neuronas, jefe?

—¡Déjalo! Vete pensando en dar nombres. Eso si quieres que tu vida en el trullo no sea peor que mala.

—Una sonrisa para la prensa, Javi.

—¡Déjate de gaitas, Colilla! A mi jefe no le va a gustar nada lo de las fotos.

—Al comisario le encantará el reportaje.

La familia Saturé al completo miraba la escena desde la puerta rota de su casa. Asím y la señora Zelka habían bajado y llevaban una silla cada uno en la mano como única arma disponible.

—Gracias, inspector —dijo Zelka con la cara iluminada por lo que, para ellos, era su primera victoria.

—Enhorabuena, Bembó, tu invento ha funcionado —le felicitó Pradera.

Fueron noticia durante días. La recuperación del notario pasó desapercibida incluso para los más cotillas de la ciudad. Los acontecimientos que siguieron a la que fue llamada «noche de la gasolina» quitaron importancia al resto.

Los matones dieron el nombre de su jefe. Mauro Mínguez compareció respaldado por su abogado, que mantenía las distancias como si no quisiera mezclarse; alegó ser objetivo de maniobra de quienes no querían ver progresar la ciudad y permitían que «manadas de inmigrantes nos vengan a robar el pan». De momento disfrutaba de libertad bajo fianza, pero con la inmobiliaria El Dorado incautada por el juez y bajo estudio de inspectores fiscales.

A quien no le sirvieron los argumentos fue al concejal de urbanismo. Ni tiempo le dieron para recoger sus cosas. El alcalde lo fulminó del cargo. Ahora quedaba pendiente de la investigación que pesaba sobre la trama de especulación inmobiliaria.

—Al final, Mauro irá a la cárcel por delitos fiscales, como Al Capone —aseguraba Pepe intentando hablar por entre el bocadillo de tortilla con pimientos.

—Pero irá —contestaba Pradera imitando el hambre y el bocadillo.

—¿No te van a ascender, Javi?

—No estaría mal, le debo una cena a Ana. Y no será a base de bocadillos.

—Eso seguro —sentenció Antonio.

Había pasado una semana. Tenían la sensación del «deber cumplido» y lo celebraban con tortilla. Bembó había reparado la puerta de la casa y estaba pensando en su ingreso en la policía. Asím tenía más dudas, aunque Pradera estaba seguro de llegar a convencerlo, sobre todo porque sería el padrino en la boda de su madre con el Chano. De momento, a nadie se le ocurría cuestionar la permanencia de las dos familias inmigrantes en el número 13 de la calle Las Cruces. Incluso alguno de los dueños que habían vendido el suyo a la inmobiliaria, se planteaban reclamar sus derechos para que la casa volviera a estar habitada. El tuerto andaba en tratos para conseguir la buhardilla y contaba con referencias de buen inquilino de puño y letra del propio Pradera.

—Por cierto, Javi, tienes un sobre cerrado en mi despacho, ¿qué tiene dentro?

—Datos comprometedores. Comprometedores. Si me hubiera pasado algo, al menos tú contarías con información para dar la noticia. La noticia.

—Me lo quedo.

—¡Ni lo sueñes!

Pradera fingía mal su papel de duro con el amigo de la infancia. Pepe decidió echarle un capote cambiando de tercio.

—¿Cómo va tu tío, Antonio?

—En las nubes, señor periodista. Como siempre. La diferencia es que ahora lo justifica todo con esa especie de amnesia en la que vive.

—Ni media palabra le dijo a Ana. Ni media.

—No lo sabes todo Pradera. Ana bonita...

—¿Ana qué...?

—Tranquilo, hombre, a mí me ve como a un hijo. —El chico guiñó un ojo al periodista, que los miraba con la boca abierta y llena de tortilla—. Decía que Ana le presentó la dimisión y luego le dijo que había dado los papeles porque, y cito textualmente: «Podía no ser legal, pero era justo». Mi tío casi se pone de rodillas para no perderla.

—¡Tiene redaños la chica! Pradera, chaval, paga esa cena y veinte más, que se lo merece.

—Me consta, Colilla.

—Por cierto, ¿cuándo es la boda de la señora Zelka, inspector?

—¿No pensarás ir, verdad Colilla?

—¿No creerás que me perdería un reportaje semejante? Ya lo estoy viendo: el amor salta las barreras racistas. Nuestro país es el punto de encuentro para una armenia exiliada del horror y un gitano...

—¡Corta el rollo, Colilla!

—Pues hasta mi madre les ha hecho un regalo: una de sus cerámicas, aunque no acaban de verle la utilidad y discuten sobre qué leches es. ¡Si mi madre se entera le da otro pampurrio artístico!

—Al final lo llevó bien —dijo Pradera.

—Gracias a mi padre, que es un genio. Así que iremos todos a la boda. Que, dicho sea de paso, se ignora en qué rito se celebrará.

—En el de una buena juerga gitana. Te lo aseguro —sentenció el inspector—. Verás cómo se lo pasará Ana.

—Lástima que la prensa del corazón se lo pierda —dijo Antonio—. De todas formas, creo que será mejor la boda del laureado inspector y la secretaria que se saltó las normas de lo legal en nombre de la justicia. ¿En qué rito se celebrará?

—Tienes madera para el periodismo, Toni.

—Lo que tiene es un morro que se lo pisa. Se lo pisa —añadió Pradera.

—Estoy pensando que voy a estudiar periodismo. Es más útil que escribir novelas para librarse de los asesinos limpios.

—¡Dios mío: estoy rodeado! —gritó Pradera.

Una carcajada resonó en el bar de los bocadillos que se había convertido en oficina de encuentro para aquel loco grupo compuesto por el periodista de moda, el policía laureado y tres chicos: un negro de amplia sonrisa, un armenio de rizos sedosos y negros, y un rubio con cierto parecido al notario que pasó varios días navegando entre nubes. Allí era donde solían merendar, o cenar, tal vez comer... nunca tuvieron muy claros los horarios.

UNA INVITADA MUY ESPECIAL

—Mina, por favor, deja de retocar la mesa. ¡Esto parece casi una petición de mano formal!

—Pablo, por Dios, qué cardo eres. Es la primera vez que tu hijo...

—Y tuyo.

—... Vale, que el hijo de los dos invita a una amiga «muy especial» a comer. No es que piense que ya tiene novia o que voy a conocer a mi futura nuera...

—¡Ya te gustaría!

—¡Déjalo! Los hombres sois unos insensibles. Lo que no entiendo es la insistencia de Antonio para que el postre fuera de chocolate. Si las chicas de hoy sólo comen zanahoria, y no mucha, para no perder la figura.

—Es una chica «especial».

Pablo trata de contener la carcajada. Sabe quién será la invitada «especial». No le dirá nada a su mujer porque lleva toda la mañana disfrutando con el espectáculo de verla preparar la casa como si Antonio hubiera anunciado que traería a la mujer de sus sueños para conocer a sus futuros suegros. Suena el timbre.

—Ya voy yo, Mina.

—Espera, espera Pablo. —Se retoca el peinado—: ¿Estoy bien? No quiero parecer una madre típica, con aspecto de bruja, ya sabes cómo son las chicas de hoy en día.

—Estás guapísima, cariño. Además, toda la ciudad sabe que eres una artista.

Y casi se le saltan las lágrimas por contener la risa. Su mujer ni se imagina lo que se encontrará en breve. Abre la puerta y trata de resultar lo más ceremonioso, para que Mina lo oiga desde el salón.

—¡Hola, chicos! ¿Cómo está la muchacha más linda del mundo y parte del extranjero? Te anuncio que el postre es una tarta de chocolate expresamente cocinada para tu exquisito paladar.

—¡Ate!

Es lo único que le ha quedado claro a la niña: habrá tarta de chocolate. Nadie ha hablado del peligro para sus dientes. Aquella casa empezaba a gustarle.

Cuando llegaron al salón, Mina tuvo que frotarse los ojos. La «chica especial» no levantaba un palmo del suelo y no habría cumplido los tres años. Era una bola de chocolate humano con bragas de un amarillo chillón, que la miraba como si estuviera estudiándola.

—¡Qué preciosidad!

No lo pudo evitar, Mina se rindió a los ojos de Nerelé. Se olvidó de los dos hombres y pudo ejercer durante toda la comida de madre prestada por unas horas.

—Papá, creo que tendrás que acostumbrarte a las futuras visitas de Nerelé.

—¡Estaré encantado!

—No ate —dijo, de pronto, la pequeña.

Todos la miraron como si se hubiera puesto enferma. Nerelé, por primera vez en su vida, estaba saturada de chocolate; se tocaba los dientes y decía no al trozo de tarta ofrecido. Supuso que tocándose los dientes, los adultos entenderían mejor su negativa.

ÍNDICE

Blanca Álvarez, licenciada en Filología Hispánica y Trabajo Social, nació en Coaña, Asturias. Hija, nieta y bisnieta de gentes de mar, no siguió los derroteros familiares y terminó ejerciendo el periodismo, la enseñanza y la literatura.

Sus primeras incursiones en la literatura fueron a parar a la poesía, con premio incluido, pero más tarde, abandonó los versos y publicó novelas negras, ensayos y reportajes diversos. Biógrafa de Corín Tellado, Blanca Álvarez aceptó un día la oferta de escribir novelas para niños y jóvenes, y cuenta ya con más de una docena de novelas publicadas.

Seguramente porque no pudo ser ni pirata ni capitán de barco para seguir, de alguna forma, la estela familiar, Blanca optó por amarrarse a la literatura y contar historias de las que enganchan. Entre ellas, esta novela de intriga y misterio, así como *El curso en que me enamoré de ti*, también publicada en esta colección.

Nautilus
A partir de 14 años

Corazón de roble
Emili Teixidor

La apuesta
David Nel·lo

Eva, no vayas a Berlín en limousine
Manuel Valls

La mansión de los abismos
Joan Manuel Gisbert

Zonas interiores
Jordi Sierra i Fabra

Callejón sin salida
Gemma Lienas

El secreto de la dama enjaulada
Víctor Mora

El Ogro de los Cárpatos
Víctor Mora

El castillo de Lava Negra
Víctor Mora

El club de los asesinos limpios
Blanca Álvarez

Los hijos del capitán
Nieves Villanueva

El destino espera en Mayrit
Miguel Ángel Ortega

Los okupantes
Emilio Calderón